新装版

茶漬け一膳

取次屋栄三《えいざ》⑤

岡本さとる

祥伝社文庫

目次

木母寺
向島
堀切村
寺島村
浅草寺
浅草奥山
入谷
上野山
根津権現
下谷広徳寺
神田明神
神田川
閻魔堂
蔵前
竹町の渡し
大川橋（吾妻橋）
押上村
横川
竪川
柳橋
大川（隅田川）
こんにゃく島
霊岸島
薬師堂
日本橋
呉服町
江戸城
南町奉行所
三十間堀
八丁堀
鉄砲洲
永代橋
深川
小名木川
木場
三十三間堂
芝源助町
芝宇田川町

「茶漬け一膳」の舞台

北
西
東
南
京橋界隈
居酒屋「そめじ」
京橋川
弾正橋
白魚橋
京橋
中ノ橋
比丘尼橋
善兵衛長屋
水谷町
栄三郎の「手習い道場」
紀伊国橋
新シ橋
木挽橋
木挽町二丁目
唐辛子屋「たけや」
西本願寺
船松町
石川島
佃島
増上寺
品川

地図作成／三潮社

第一話

茶漬け一膳

一

日ざしはすっかり夏のものとなっていた。

もうすぐ梅雨時《つゆ》である。

じめじめとした日々が過ぎると、その後にはうだるような暑さがやって来る。

「皆、気を引き締《し》めるようにな……」

町の子供達を前に、手習い師匠の秋月栄三郎《あきづきえいざぶろう》が言った。

ここ、京橋水谷町《きょうばしみずたにちょう》にある〝手習い道場〟は、朝の五ツ（午前八時）から昼の八ツ（午後二時）までが、町の子供達のための手習い所となり、その後は栄三郎が気儘《きまま》に師範を務める剣術道場となる。

といっても、こちらの方の門人は、手習い子の父兄、近所の物好きばかりで、日頃のうさ晴らしになればよかろうと、一教授十六文《もん》、それがなければ米一握りでも、酒一杯でもよい。それもなければ附けでもよいと、栄三郎が始めたものであった。

それゆえ気儘に開かれていた道場も、近頃は栄三郎の親しみやすい気性《きしょう》に惹《ひ》かれてやって来る物好きが増え、ちょっとばかし困ったことになっている。

「こら、太吉《たきち》、三吉《さんきち》、ちょろちょろと後ろを見る奴《やつ》があるか……」

腕白《わんぱく》盛りの子供二人が、振り返っては笑っている。

今、気を引き締めろと言ったばかりではないかと、栄三郎が叱《しか》ると、

「だって先生、後ろの鼻息がうるさくて、たまらないんだよ……」

近頃ませてきた太吉が大人びた嘆《なげ》き声を発し、手習い子達はどっと笑って、一斉に後ろを向いた。

子供達の後ろには、八ツ刻《どき》までにはまだ小半刻《こはんとき》（三十分）もあるというのに、剣術稽古《げいこ》が待ち切れずにやって来た三人の大人の姿があった。

おとなしく待っているだけでもやたらと嵩《かさ》が高いのに、無学な三人は、栄三郎が所々に道徳を挟んで子供達に語り聞かせる、彼独特の御伽噺《おとぎばなし》にすっかり引き込まれてしまい、

「むふふふ……。くっくっくっ……」

などと、さっきから随分《ずいぶん》間の抜けた笑い声をあげているのである。

「まあ、太吉が言うのも無理はねえな……」

困った奴らだと、栄三郎は間抜け三人をつくづくと見て、

「お前ら、だいたい来るのが早すぎるんだよう！」

「相《あい》すみません……」

「今日は早《はえ》えとこ仕事が終わっちまって……」

「居ても立ってもいられやせんで。へえ……」

栄三郎に叱られて平身低頭の姿がまことに滑稽《こっけい》な三人組は、勘太《かんた》、乙次《おとじ》、千三《せんぞう》……。御存知、こんにゃく三兄弟である。

かつては、霊岸寺《れいがんじ》のこんにゃく島辺りでよたっていた三人であったが、〝白般若《しろはんにゃ》〟に扮《ふん》した秋月栄三郎に懲《こ》らされたことで、手習い道場の地主である大店《おおだな》の呉服商・田辺屋宗右衛門《たなべやそうえもん》から仕事を与えられ、真っ当に生きる喜びを得た。

恩人・白般若が栄三郎であることを知るに及んで、〝押しかけ門人〟となった三人は、今、剣術というものがおもしろくて堪《たま》らぬらしい。

「それによう……。お前らどうしていつも三人一緒なんだよ……」

呆《あき》れる栄三郎の表情がおかしくて、手習い子達は、またどうっと笑った。

やがて、八ツが過ぎ子供達も帰り、三兄弟が木太刀《きだち》を振り回すうちに、〝物好き〟達が三々五々集まってきた。

まずは、田辺屋宗右衛門の愛娘《まなむすめ》・お咲《さき》が、好みの薄紅地の帷《かたびら》姿も美しく、やって来た。

近頃、お咲の着物は留袖《とめそで》に変わっている。お咲も十九である。この当時、未婚であっても、女は十八にもなれば留袖にするのが当たり前のことであるが、大人になる娘が宗右衛門には少し寂しいようだ。

栄三郎の剣友で、気楽流《きらく》の達人・松田新兵衛《まつだしんべえ》に恋焦《こ》がれて、自らも剣術の道にとびこんだお咲は、それによって天性持ち合わせた剣の才に目覚めてしまった。

しかし、男どもをなぎ倒すようになった今も、この娘の嫋《たお》やかな様子は変わらない。

元はといえば、この道場は父・宗右衛門の地所であるのだが、裏手の〝善兵衛《ぜんべえ》長屋〟の住人で、時折稽古にやって来る、筆職人の彦造《ひこぞう》、大工の留吉《とめきち》、左官の長次《ちょうじ》といった、ここでの兄弟子《あに》達への細やかな気遣いも忘れない。

少々、我儘《わがまま》で向こう見ずなところを差し引いても、真《まこと》によく出来た、秋月栄三郎の愛弟子《まなでし》なのである。

それでも、田辺屋からこの道場まで、こんにゃく三兄弟が供をすることだけは、

「三人とも、何やら得意げな顔をして歩くので、恥ずかしいったらありゃしない！」

と、持ち前の利《き》かぬ気が表に出て、断っているらしいのだが……。

「そう言えば、今日は安五郎《やすごろう》さん、いつものお客さんが家に来ているのですね」

やがて集まって来た門人達が、それぞれ体慣《な》らしの素振《すぶ》りを始めた時――お咲の気遣いは留吉の兄貴分的な存在で、普段はよく剣術の稽古にやってくる安五郎に向けられた。

「そうか、今日は月の初めか。時が経《た》つのは早《はえ》えもんですね」

栄三郎の横で又平《またへい》が、ニヤリと笑った。

栄三郎の乾分《こぶん》にして、取次屋の番頭である又平は、さして剣術が好きというわけではないが、秋月栄三郎の一番弟子・雨森《あまもり》又平としての意地がある。

元は軽業《かるわざ》芸人として鍛《きた》えた身体《からだ》を活《い》かして、お咲の蔭《かげ》に隠れてはいるが、なかなかに腕を上げていた。

その又平がニヤリと笑ったのは、月の初めと真ん中に、決まって安五郎の許《もと》に訪れる若者のことを好ましく思っていたからである。

若者は決まって夕暮れ頃に現われて、遅くとも暮れ六ツ（午後六時）頃には帰って行く。

この日ばかりは早めに仕事を切り上げ、酒と鮨《すし》を買い込んで、いそいそと安五郎は長屋に戻って来る。

四十過ぎとはいえ、大工の腕もよい独り身の安五郎のことである。

長屋の衆は、〝いい女《ひと》〟でも出来たかと思ったが、決まって来るのが、偉丈夫《いじょうふ》な安五郎よりまだ少しばかり大柄で、骨張った顔にいかつさと愛敬《あいきょう》が同居した若者である。それゆえ、

「安兄ィは、よほど、あの若え《わけ》のが気に入っているんだな」

と、同じ棟梁《とうりょう》の下で弟分を気取る留吉などは、ちょっと悔しい思いをしているほどなのである。

若者の月二回の〝安五郎詣《もう》で〟は、かれこれ一年くらい続いている。

さすがに、お咲も気になるようだ。

「あの若いのは半吉《はんきち》と言って、安さんの昔馴染《なじ》みの倅《せがれ》だそうだ。なあ、留吉……」

お咲の問いに答えた栄三郎は、弟分を立ててやる意味も含めて留吉に話を振った。

うで……」

「へえ、何でも芝《しば》にいた頃、兄ィが随分と世話になった大工仲間の忘れ形見《がたみ》だそ

安五郎のことなら何でもおれに聞いてくれとばかりに、今しも道場へとやって来た留吉が、訳知り顔でお咲を見た。

「ちょうど一年前、浅草《あさくさ》の橋場《はしば》辺りでばったりと出会って、それ以来、兄ィは親代わりを気取っているそうなんだよ。半吉つぁんも、〝父《とっ》つぁん、父つぁん〟と、兄ィのことを慕《した》って、背恰好《かっこう》といい、左の目尻《めじり》の黒子《ほくろ》といい、本当の親子みてえだと、皆で言い合っているところでね……」

留吉はおもしろそうに話した。

「本当の親子ねえ……。安さんも、いつまでも独りでいねえで、誰かいい相手を見つけりゃあいいのに」

又平は、再びニヤリと笑った。

「又さんからも言ってやってくれよ。安兄ィは昔夫婦別れをしているだけに色々臆病になっているのかもしれねえが、一度しくじっているからこそ、今度はうまくいくと思うんだ……」

それまで住んでいた芝宇田川《うだがわ》町の長屋が火事に遭《あ》い、安五郎が〝善兵衛長屋〟

に越してきてから、まだ一年と少しであるが、あれこれ世話を焼いて引っ張ってきただけに、留吉は安五郎のことが心配で仕方がない。

だが、そんな留吉でさえ、安五郎と、件《くだん》の若者・半吉との間にある深い事情は知らないでいた。

栄三郎とともにその深い事情を知る又平は、話を聞くに、ついニヤリとしてしまうのだ。

勘のいいお咲は、

「何かある……」

と思いながらも、詮索《せんさく》好きの女はみっともないという、父・宗右衛門の声が聞こえてきそうで、剣術稽古の前に邪念は禁物と、精神一到――木太刀を手に、剣の世界に没頭した。

可憐《かれん》な娘が一途《いちず》に何事かに打ち込む姿は、もうそれだけで芸術品だ。

男達は負けじと木太刀を振るう。

こんにゃく三兄弟の表情も締まってきた。

――なかなかどうして、ここも道場らしくなってきたではないか。

目を細めつつも、栄三郎は本日稽古に出てきていない安五郎のことが又平以上に気になっていた。

　半吉が安五郎を月の初めと真ん中に訪ねるようになったのは、酔っ払った安五郎が一両を騙《だま》しとられたことがきっかけだったが、後日、偶然半吉の姿を見つけて若者の後をつけてみれば、半吉は自分が若い頃に無茶をやらかして夫婦別れをした元女房・おちかの息子。つまりは、幼い時に別れたままとなっていた我が子・安吉《やすきち》であることがわかった。

　おちかに今さら会うこともできず、ましてや安吉を役人に突き出すことは父としてできない。

　かといって、このままでは息子は悪事に手を染め、いずれは縄目を受けることになろう。

　安五郎から苦しい胸の内を打ち明けられた栄三郎は、又平、松田新兵衛、田辺屋宗右衛門の手まで借りて、安吉を捕らえ、新兵衛を赤般若に仕立て、自らは白般若に扮して、今後二度と悪事に手を染めぬよう、金を騙しとった安五郎に詫《わ》びを入れるよう、死ぬほどの恐怖を与えて誓わせた。

　約束通り詫びに来た安吉を安五郎は優しく諫《いさ》め、月の初めと半《なか》ばに五十文ずつ返しに来るようにと言ってやった。

心配をかけてはいけないので、くれぐれもこのことはおちかには内緒にと、父子の名乗りもないまま、安五郎は安吉をあくまでも半吉として受け止めた。

安吉は母のおちかから、お前の父親は松五郎《まつごろう》という極道者で十六年前に死んだと聞かされていたのだ。

安吉の月二回の訪問は、そして、この一年間続けられてきた。

五十文を月二回返したとて、一両の返金には四年ほどかかることになる。長きに亘《わた》って、時折は息子と会って鮨をつまみ酒を酌《く》み交《か》わしたいという安五郎の親心が溢《あふ》れている。

父親を知らずに育った安吉にとっても、自分の悪事をこんなふうに許してやろうという、寛大な安五郎との一時が楽しくないはずはなかった。

だが、父子の名乗りもないまま、このような日々がいつまで続くのであろうか――。

一年前の取次の仕事は、いまだきっちりと終えていないのではないかと、栄三郎には思われてならないのである。

そんな栄三郎の心配をよそに、安五郎はというと、この日も月二回の息子とのささやかな宴《うたげ》を、長屋のうちで楽しんでいた。

「半吉、お前よく一年続けて通ってきてくれたな。月に二遍《へん》たって、お前が住んでいる向島《むこうじま》からここまではやたらと遠い。それを毎度毎度、五十文を手に……。えらい。お前はえれえよ……」

安五郎は弟分の留吉に対してもそうだが、一杯入るととにかく人を誉《ほ》めたがる。ましてや自分の血を分けた息子である。いくら誉めてやっても飽《あ》きることはない。

「何を言ってるんですよう父つぁん。おれはただ、父つぁんとの約束を守っているだけなんだ。そもそも、おれがここへ来るようになったのは、おれが父つぁんから一両……」

「おいおい、もうその話はよしにしようぜ。お前と知り合ったのはちょいと訳ありだったが、酔っ払いおやじから、ちいっとばかり金をせしめてやろうなんてことは、若《わ》えうちならよくあることだ」

「いや、してはいけないことだったんだ」

「だが、今じゃあこうしておれとお前は、親しい仲になったじゃねえか。それとも、さすがにこんな色気のねえ所に来るのは面倒かい」

「とんでもねえ……。おれはこの一年、ここで父つぁんに五十文を返して、あれこれ話を聞かせてもらうことが、どれほど楽しみだったことかしれないよ」

「そうかい、そりゃあよかった……」

「父つぁんこそ、たった五十文ぽっち持って来るだけのおれに、いつも鮨やら酒やら出してくれて……。随分と迷惑をかけてしまいましたねえ」

「下らねえことを気にするねえ。何度も言うように、お前を見ていると若え頃のことが思い出されて、何ともいい心地になるのさ。どうせ寂《さび》しい独り暮らしだ。お前が来てくれて、本当におれは嬉《うれ》しいんだ」

「父つぁん、おれの本当の名は……」

「いいじゃあねえか、半吉で」

「よかねえよ。父つぁんが気を遣ってくれて、おれの本当の名を聞こうとしないのはありがたいが、今日こそは名乗らせてもらうよ。おれの名は安吉というんだ。父つぁんの安五郎と同じ〝安〟だよ。お袋はおちかといって、木母寺《もくぼじ》の境内《けいだい》で休み処《どころ》をしている……。おれは、まあ今はそこを手伝っているってわけで……」

安吉は、どこまでも自分に優しいこの安五郎に己《おの》がすべてをさらけ出したくなって、言うなと窘《たしな》められていたことを一気にまくしたてた。

「だから父つぁん、今じゃあもうすっかり親しい口をきかせてもらっているんだ。これからはおれのことを安吉って呼んでおくれよ」

「そいつはいいが、長屋の連中にも、お前のことを半吉と言っちまったから……」

「そこは何とかうまく言って、おれが安吉だってことにしておくんなさいな」

「そうだな……」

「今まで半吉って言ったのが、いきなり安吉なんて呼びにくいかもしれないが、それがおれの本当の名だから……」

——わかっているよ。

心の中ではずっと安吉と呼んでいたのだ。お前がまだ蝙蝠《こうもり》のことを〝こうくり〟としか言えなかった頃、おれは毎日お前のことをその名で呼んでいたのだ……。

いっそ打ち明けてしまいたい想いをぐっとこらえ、

「そんなら安吉、そろそろ帰《けえ》んな」

安五郎は、およそ十六年振りに面と向かって息子の名を呼ぶ喜びに震えつつ、安吉を促《うなが》した。

「父つぁん、まだいいじゃないか。父つぁんの大工仕事の話を聞かせておくれよ。そうだ、今日はこれからどこかで一杯……」

「そいつはならねえ。お前のおっ母《か》さんに心配かけちゃあいけねえからな」

渋《しぶ》る安吉を、安五郎は照れくささも手伝って、追いたてるようにして見送った。

長屋の露地木戸を出ると、すぐ右手に〝手習い道場〟がある。

又平、お咲、留吉、彦造、長次、こんにゃく三兄弟……。

型の稽古を見守りつつ、いまだ父子の名乗りができぬまま、息子と束《つか》の間《ま》の時を送る安五郎の胸の内を慮《おもんぱか》る秋月栄三郎は、道場の武者窓から安五郎と安吉の姿を見た。

「帰ったら茶漬けの一膳くれえ、食わせてもらうんだぜ」

安五郎は別れ際《ぎわ》に、安吉にそう言った。

「いや、もう腹はお蔭さんで膨《ふく》れているよ」

「それでも食わせてもらいいな。お袋さんは面倒がるだろうが、帰っていきなり床《とこ》に入って寝ちまうよりも、あれこれ話ができるってもんだ」

「そうか……。その方がお袋は安心するんだろうねえ……」

「ああ、いつか女房を貰《もら》った時も、茶漬け一膳を忘れるな。たとえ腹は膨れていても、その〝間《ま》〟が大事なんだよ」

「わかったよ。茶漬け一膳食わせてもらってから寝るとしよう」

「それでいい……。気をつけて帰るんだぞ」

「ごめんなさいよ……」

にこやかな笑顔の余韻《よいん》を残し、安吉は帰って行った。

その姿には、悪友どもとつるんで、夜な夜な悪事に手を染めた翳《かげ》りなど、もう微塵《みじん》もなかった。

——いい男になりやがった。

見送る安五郎の顔は晴れ晴れとしている。

だが、その表情の奥には、いつまでも月二回の小宴が続くはずはないという、諦《あきら》めに似た想いが同居していることを、栄三郎は見てとった。

——まったく、お天道《てんと》さまも、時に無粋《ぶすい》なことをしなさるぜ。

栄三郎の脳裏《のうり》に、木母寺の境内で茶屋を切り盛りする、安五郎の別れた女房・おちかの顔が浮かんだ。

しっかり者で、さっぱりとした四十前の女将《おかみ》には、一年前に茶屋を訪れて以来、会ってはいないが、昔、安五郎が無茶をせず、おちかも幼い安吉を連れて家をとび出すような短気を起こさなければ、今頃はいい夫婦でいたと思われる。

別れ別れになってなお、互いに心を残していながら二人に起こった様々なすれ違い——これはお天道さまの悪戯《いたずら》としか栄三郎には思えない。

そして、今またお天道さまは新たな悪戯を企《たくら》んでいるのではないか……。

栄三郎にはそんな胸騒ぎがするのであった。

——何か起きるのなら、梅雨入りまでにすませてもらいてえもんだ。

栄三郎はぽつりと呟《つぶや》くと、武者窓から目を離して、木太刀を取る手に力を込めた。

剣術好きのおめでたい連中の太刀筋も、この一年で馬鹿にできなくなっているのだ。

二

向島木母寺は、浅草橋場の対岸にある景勝の地である。

隅田《すみだ》川沿いに南へ連なる墨堤《ぼくてい》は、春ともなれば桜が咲き誇り、花見に訪れた客が、木母寺の境内にある梅若塚《うめわかづか》を多く訪れる。

京の公卿《くぎょう》の子・梅若丸《うめわかまる》は、七つの時に攫《さら》われてこの地で非業《ひごう》の最期《さいご》をとげた。やがて、子供の行方《ゆくえ》を求め歩き、ここまで辿《たど》り着いたその母親は、梅若の死を知り、狂乱の中鏡ケ池《かがみがいけ》に身を投じたという。

古き昔を偲《しの》びつつ、遊山《ゆさん》を楽しむ人々で境内は今日も賑《にぎ》わっていた。

先頃、この寺の東に程近い堀切《ほりきり》村では、伊左衛門《いざえもん》なる百姓が栽培に励んだ花《はな》菖蒲《しょうぶ》が咲き始め、それを目当てに、この時期もまた、人の出入りが多いのだ。

当然、境内の茶屋はどこも盛況で、とりわけ、件のおちか・安吉親子が営む〝休み処〟は大忙しであった。

だが、季節に因《ちな》んで菖蒲柄の前垂《まえだ》れをしている女中のお浪《なみ》、お亀《かめ》と四人、一様にてきぱきと客の注文をこなし、愛想《あいそ》もよくて気持ちがいい。

「うむ、商売繁栄で何よりだな……」

忙しく立ち働くお亀を捉《つか》まえ、にこやかに頰笑《ほほえ》む町同心が一人——固太りで丸顔。人の忙しさを気にもせず、のんびりとした声をかける間の悪さを見るに、この同心はまさしく前原弥十郎《まえはらやじゅうろう》であった。

「これは旦那《だんな》、お勤めご苦労さまでございますねえ……」

お亀は二十歳《はたち》。ふっくらとした顔立ちで、どんなに仕事に追いたてられていようが、苛立《いらだ》ちを顔に出すことがない。

弥十郎はそこが気に入っている。

「いやいや、今日は非番でな」

そういえば供は連れていない。いまだ独り身で、これといった道楽もない弥十郎は、非番の日が退屈で仕方ない。

それゆえに、紺足袋《こんたび》、雪駄《せった》、巻き羽織《ばおり》……、いつもの姿そのままに、近頃は風光明媚《ふうこうめいび》な向島辺りをただ一人で散策しているのだ。

これを非番の日も同心であることを忘れない、役人の鑑《かがみ》のように見る向きもあるが、そうではない。固太り、丸顔、体のすべてが丸虫のような弥十郎は、どんな着物もうまく着こなせないのだ。

であるから、独り身で少しは〝八丁堀《はっちょうぼり》の旦那〟と黄色い声のひとつもかけてもらいたい弥十郎は、同心である身を誇示したいのである。

とはいえ、大忙しの休み処のこと。

お亀が愛想よく迎えてくれた後、なかなか誰にも構ってもらえずに、そろそろ拗《す》ね始めた頃、弥十郎が休む長床几《ながしょうぎ》に、おちかが慌《あわ》てててやって来た。

「これは前原様、またお立ち寄り下さったのですか」

「いやいや、近くまで来たのでな……」

本当はお亀が気になる弥十郎である。

以前、ここへ立ち寄った時に、お亀が元は浪人の娘で、二親《ふたおや》に早く死に別れた後、寺の和尚《おしよう》の勧めで境内の茶屋で働き出したという話を聞き及び、武士の娘ならこの先に期待が持てると勝手な妄想を抱いているのである。

初めに来たのは、田辺屋宗右衛門に連れられてであった。

その日も非番で、向島をぶらぶらしていると、寺島《てらじま》村の寮《りよう》に来ていた田辺屋宗右衛門とばったり出会い、ここを教えられたのだ。

非行に走る安吉を拉致《らち》し、目隠しをした上で、赤般若（松田新兵衛）、白般若（秋月栄三郎）は、宗右衛門の寮に運びこみ、我らが縄張りを荒らし、昔の恩人・安五郎から金を騙しとったとは許し難い奴、その片腕を落としてやると散々に脅《おど》しつけた。

それによって目が覚めて、安五郎の家に通うようになった安吉――。

宗右衛門は、この一件に自分も関わったことが嬉しくてたまらず、時折、ここへ立ち寄っては、そっと、おちか・安吉母子のことを見守っているのだ。

この店を、

「八丁堀の旦那がお気に入られたら何よりのこと。安心ではありませぬか」

そんなつもりで連れてきたのであったが、分限者《ぶげんしゃ》ですることなすことにそつがない田辺屋宗右衛門ほどの男でも、時に当てが外れることもあるものだ。今日、弥十郎がここへ来たことが騒動の始まりになるのである——。

「旦那、非番なら、一杯くらいどうってことはございませんでしょう」

おちかが挨拶《あいさつ》に出たと見るや、お亀から非番と聞いた安吉が、よく冷えた酒を一杯、薄手の有田焼《ありた》の茶碗《ちゃわん》に入れて運んできた。

「馬鹿野郎、いくら非番と言っても、昼日中から酒なんて飲めるものか……。ヘッ、ヘッ、まあそう言わねえといけねえんだろうが、ちょうど喉《のど》が渇《かわ》いていてな。言っておくが、代はきっちりと払うからな」

「前原様、そうお堅いことを仰《おっしゃ》らないでも……」

おちかの言葉にも、

「いやいや、いけねえ、いけねえ……」

弥十郎は、お亀に届けと誠実な役人ぶりを見せる。

「相すみません。こりゃあ、とんだ押し売りでございましたね……」

安吉はしかめっ面《つら》でお辞儀をすると、また忙しく働き始めた。

「あれは女将の倅だったな」

「はい、安吉と申しまして」

「いい息子じゃねえか」

「何を仰いますやら、いまだに頼りなくて、困っております」

「そういう女将の顔が、ほら、何やら楽しそうじゃねえか」

「ほほほ、そうですか……」

「そうだとも、子供ってものは、あれくれえの歳《とし》になると、なかなか親の言うことなど聞いちゃいねえし、気を遣おうともしねえものだが、ほら、女将の息子はよく気がつくし、働き者だ。本当は、自慢して回りてえんじゃねえのかい」

方々で嫌がられている前原弥十郎の蘊蓄《うんちく》に充《み》ちた喋《しゃべ》り口調も、まだここでは新鮮で、誠実な役人に映《うつ》る。

息子を誉められて、母親が嬉しくないはずはない。

おちかは、前原弥十郎を頼りになる旦那だと思った。

「ほほほ、親の欲目というものでございますが、この一年の間は、ここの手伝いもしっかりとこなしてくれますし、わたしにも優しい口をきいてくれております。まあ、申し分がないというか……」

などと、つい息子のことを聞いてもらいたくなった。

「そうれ見ろ、やっぱり自慢の息子じゃねえか」

弥十郎も笑顔で答えた。

一段落ついたようであるが、休み処は相変わらず盛況で、女将に代わって安吉はしっかりと客の応対にあたっている。

お亀が構ってくれる様子もないし、元来話好きの弥十郎は、おちかの話を聞いてやることにした。

「だが、この一年の間は……、てのはどういう意味だい」

「はい。それまではもう、どうしようもない極道息子だったのでございます」

「ほう、今の様子からは思いもつかねえがなあ」

「片親で不憫《ふびん》なあの子を甘やかしてしまったわたしがいけなかったのです」

「まあ、男なら誰にだってそういう頃があるもんだ。肝心《かんじん》なのは、いかにしてそこから立ち直るかだ。何かやらかして、こってりと町の者に油を絞《しぼ》られたか」

「いえ、それが、ある日俄《にわか》に、これからは心を入れ替えるから一日暇《ひま》をくれと言って出ていって、帰ってきた次の日から、すっかりと変わってしまって……」

「ほう、そいつは妙だな」

「はい、まるで神仏か何かが、あの子に降りてきたかのようで……」

「何があったのか聞かなかったのかい」

「聞いたのですがはっきりとは何も……」

赤般若、白般若のことも含めて、安五郎は母親には内緒にしておくようにと、安吉にきつく言い聞かせた。

すっかりと心を入れ替えたのだから、おちかもわかってくれるだろうと、恩人である安五郎のことを正直に母親に伝えたいと言っても、黙っていることもまた親孝行である、口が裂けても母親には言うなと、男同士の固い約束を、安吉は安五郎と交わしたのである。

それゆえ安吉は、町で偶然出会った偉い学問の先生に諭《さと》されて、自分は変わることができたのだと、おちかに説明した。

「それからは折にふれ、その先生のお言葉を思い出して、真っ当な暮らしを送っていると言うのです」

「ほう、諭すだけで、極道息子の気持ちをそこまで変えちまうとは大したもんだ。で、何という先生なんだい」

「それが、わからないと……」

「わからねえ？」

「恐ろしい浪人ものに絡《から》まれているところを助けて下さって、名も言わずに立ち去られたとか」

「心に残る言葉を言い置いてかい」

「はい。月に二度でいいから、方々の寺を回って、仏様のお顔を拝《おが》んで来い。そうして、己《おのれ》は今何をすべきかお訊《たず》ねすれば、必ず心に返ってくると、そう仰ったそうです」

「うーむ、何やらよくわからねえ話だな」

「はい。よくわからない話なのです」

「だが、そんなことがあってから、息子はあんなふうに変わった……」

弥十郎は、笑顔を絶やさずにてきぱきと働く安吉を顎《あご》でしゃくった。

「はい。月の初めと真ん中に、一人でお寺回りもしているようですし、とにかくまじめになってくれたわけですから、そのことをあまり深く詮索せずにおこうと思いまして」

「まあそりゃあ、息子にも、あまり言いたかねえこともあらあな。だが、親としちゃあ、何事も知った上で、知らねえ振りをしていたいものだなあ」

弥十郎、だんだんと余計なことを口にし始めた。

「やはり前原様は人の道理をよくおわかりになられていらっしゃいますねえ……」

「まあ、おれも色々人を見てきたからなあ……」

弥十郎、得意気な顔となり、ますます調子に乗ってきた。

「ぐれていた頃があっただけに、女将は心配なのだな。その〝先生〟てのと、月に二遍の寺回りってやつが」

「はい……。実はもう一年続いておりまして、いくら偉い先生が仰ったことかは知りませんが、あの子がそれほどお寺回りなどするようにも思えませんで……」

おちかは声を潜《ひそ》めた。

「誰かに心を操《あやつ》られていたとしたら薄気味悪いな……」

弥十郎の的外《まとはず》れな推測が始まった。

「どういうことですか？」

「あの年頃は、色んなことを信じこみやすいもんだ。それに目を付けて、怪しげな教えを刻みつけて、何かをさせようなんて魂胆《こんたん》のいかさま坊主がいたとしたら……」

「まさか……」

「一旦、真っ当な道を歩かせておいて周りを安心させ、何か悪事に手を染めさせよう……。お前の息子はいい柄をしているからな」

「一年経った今、そろそろ何かをさせてやろうというところですか」

「近頃、何か変わったことは言い出さねえか」

「そういえば……」

おちかは、はっとして、すぐに動揺した表情を安吉に見られまいと、平静を装った。

「何かあったのかい」

弥十郎の表情に、事件を追う、町同心の鋭い光が宿った。

「いきなり、もうこの歳からは、職人なんかにはなれねえかなあ……なんて、言い出しましてね」

「ほう、休み処を継ぎたくはねえと言うのか」

「そこまでは言わなかったのですが、わたしにしても、人からの借り物とはいえ、この茶屋をここまで大きくしたつもりです」

元々、この休み処で女中として働いていたおちかは、主《あるじ》夫婦が隠居した後、ここを任された。その後、おちかの努力によって、充分に上がりを受け取って来た夫婦は、今では安吉にここを譲ってもいいとまで言ってくれている。

本人もそのつもりでいてくれていると思っていたおちかには、十九にもなって何の修業もしたことのない安吉が、俄に職人になれないかと言い出したことは、聞き捨てならなかった。

おちかにとって職人というと、別れた亭主・安五郎の大工姿が思い浮かぶ。威勢の良さを気取り、〝兄貴〟と祭り上げられ、調子に乗って酒と喧嘩《けんか》に明け暮れた、あの馬鹿な男の姿が……。日増しに安五郎に似てくる安吉を見ていると、職人だけにはさせたくない。

それがおちかの本音である。

しかし、安吉は、父とは知らず安五郎に会ううちに、職人の男らしさ、恰好よさに日毎《ひごと》惹かれていった。

それがつい本音となってぽろりと出たのである。

「ほッ、ほッ、今まで何の修業も積んでこなかったお前が、たやすく職人になれるわけがないじゃないか」

おちかはその場を笑ってすませたし、

「そうだよな……。今さらおれのような者を相手にしてくれる親方など、いるはずはねえよな……」

安吉も、あっさりとこの話を終えた。

だが、怖くて聞けなかったものの、おちかは、安吉が本心では大工になりたいなどと思っているのではないかと思うと気が気でなかったのだ。

その想いが、前原弥十郎との会話の中で、またふつふつと湧《わ》き上がってきたのである。

「安吉に、誰かが入れ知恵をしているのでしょうか……」

「あるいはそういうこともあろうよ。月に二遍の寺回りというのがどうも引っかかるな」

「昼過ぎに出て、夜も遅くにはならないのですがねえ……」

「一度、はっきりさせてみたらどうだい」

「それはできません」

「だが、気になるんだろ」

「でも、あの子を問い詰めて、お袋はおれを信じちゃあくれねえのかい……、なんてことになって、また自棄《やけ》でも起こされたら元も子もありませんから」

「そんな心配はいらねえよ。いざとなりゃあこの前原弥十郎が……」

「まさか前原様にそのようなご足労を……」

「いいってことよ。若え者が道を踏み外さねえようにそっと見守るのもまたおれの務めよ。この茶屋はいつも心地がよくて、嬉しい気持ちにさせてくれる。おれも一肌脱ぎたくなるじゃねえか……」

ここで女将にいいところを見せておけば、足繁《しげ》く通うこともできる。お亀も気を遣ってくれることであろう。

そうすれば、いずれお亀の相談も何かと聞いてやることになるはずだ。

「まあ、ここは一番、おれに任せておきな……」

胸を叩《たた》き、爽《さわ》やかに笑う前原弥十郎——その真ん丸の顔は、今にも胴から離れてどこかへ転がっていきそうな勢いで、短い首の上で揺れていた。

三

そんなことがあってから——。

五月も半《なか》ばとなったある日のこと。

京橋の東詰にある、居酒屋〝そめじ〟に、南町同心・前原弥十郎がふらりと現われた。

「よう、先生方、お揃《そろ》いかい」

店では秋月栄三郎が、松田新兵衛、又平と、一杯やっている最中であった。

このところ新兵衛は、方々の道場を転々として過ごしている師・岸裏伝兵衛《きしうらでんべえ》に何かというと呼び出され、多忙を極めていたのだが、伝兵衛がまた上州《じょうしゅう》へと旅に出てしまい、今日は久し振りに〝手習い道場〟の稽古に訪れた。

栄三郎の愛弟子であるお咲の上達を、新兵衛も真剣に受けとめて、時折は稽古をつけてやるようになっていたのだ。

栄三郎は道場主として、稽古に来てくれた日は、新兵衛お気に入りの〝そめじ〟で夕餉《ゆうげ》を振る舞うことにしていた。

「他にもいい店があるのに、こんな店でいいんですかい……？」

女将のお染《そめ》とは犬猿の仲の又平は、わざわざ言わずともよいものを、憎まれ口を発して、

「又公、うるさいよ！　気に入らないなら、一人で帰って茶漬けでも喰《く》って寝て

やがれ」

早速、男勝《まさ》りのお染にやり込められる――いつもと変わらぬ賑《にぎ》やかなところに弥十郎の登場となった。

「いや、道場を覗《のぞ》いたらいなかったんで、ここにいるに違《ちげ》えねえと思ってな」

「何かご用ですかい。何も悪いことはしちゃあおりませんが」

栄三郎が無愛想に応《こた》えた。

これくらい言っておかないと、せっかく馴染みの店で剣友との一時を過ごそうとしているというのに、この役人は平気で割り込んできて、下らぬ蘊蓄を語るから困るのである。

「何もそんなことは言ってねえやな……」

弥十郎は当然のことのように栄三郎の定席にずかずかと上がりこんできて、碗の蓋《ふた》に勝手に酒を注《つ》いで飲んだ。

「ご用がないのであればお引き取り下されい……。これから少し、新兵衛と相談事がござってな」

「そうつれねえことを言うなよ。何だ、改まった口のきき方しやがって」

また一杯注ごうとするのを、栄三郎はちろりを取り上げて、

「とにかく、ご用を承《うけたまわ》りましょう」

「愛想がねえな……。いや、他でもねえ、善兵衛長屋の安五郎は、栄三《えいざ》先生の門人だったたな」

「門人というほどのものでもないが、安五郎が何か……」

「昨日、安五郎の所に若いのが訪ねてきただろう」

弥十郎の意外な言葉に、栄三郎、新兵衛、又平の眉《まゆ》がぴくりと動いた。

三人三様に嫌な予感がしたのである。

「決まって月に二遍、訪ねてくるそうじゃねえか。それが聞いてくれよ。向島の木母寺の境内に、ちょいと気の利いた休み処があってな。そこのお亀ってのがなかなかいい娘なんだが……」

「旦那、おかめが気に入ったんですか」

訳知らぬお染が、からかうように言った。

「いや、名はお亀だが、おかめじゃねえんだ。はッ、はッ、こいつはいいや……」

栄三郎達は笑わない。

「で、その休み処がどうかしたんですかい」

「それがよう、こういうこともあるんだなあ……」

弥十郎が語り始めた話はあまりにも衝撃的なものだった。

弥十郎は、田辺屋宗右衛門に連れられて行って以来、木母寺の休み処が気に入って、おちか・安吉母子と親しくなった。

そして、おちかが持つ、息子・安吉への屈託を晴らしてやろうと、密《ひそ》かに月の真ん中である昨日、尾行の名人である十手《じって》持ち・〝竹茂《たけしげ》〟の茂兵衛《もへえ》に命じて、安吉の後をつけさせた。

「そうしたら、その倅があの善兵衛長屋へ入っていったというじゃねえか。話に聞きゃあ、安五郎が昔、世話になったという大工仲間の忘れ形見だってことだ。思うに安吉は、安五郎に色々意見をされて立ち直ったようだが、どうも解《げ》せねえ。死んだ親父の昔馴染みに会うのに、どうして母親に内緒にしなけりゃあならねえんだ。それに、安吉の奴、長屋では半吉で通っているんだとよ。おちかは昔、極道者の亭主から逃げて来たというから、色々混み入った事情があるんだろうが……。栄三先生、お前、何か聞いちゃあいねえかい……」

「そんなことはどうでもいいですよう……！」

ペラペラと調子よく喋る弥十郎を、栄三郎は睨《にら》みつけるように見た。

「な、何を怒っているんだよ……」

「旦那、ご用の筋でもねえことで、よくも若《わ》え者《け》の後を竹茂の親分につけさせやしたね」

又平の語気も強い。

「前原殿、それでその話は、休み処の女将には……」

胸の怒りを抑えつつ、新兵衛が問うた。

「それなら心配ねえや。女将には今日、お前の倅は決して怪しい男に会っているんじゃねえ、安五郎という腕のいい、ちゃあんとした大工と会っているってな」

胸騒ぎは本当になった——。

栄三郎、新兵衛、又平の三人の目はしばしぼんやりと見開かれたままであったが、

「お染、すまねえが今日はお開きにさせてもらうぜ」

言い捨てるや三人は、

「ちょいと、いったいどうしたんだよ！　帰るのは又公だけでいいよ！」

と、訳がわからず呼び止めるお染の声に振り向きもせず店を出た。

弥十郎はというと、そのあまりにも緊迫した様子と、無言のうちに自分に向け

られた強烈な怒気に、声もかけられずに三人を見送った。

「何でえあいつら、まだ話は終わっちゃあいねえのに……。お染、お前、今の話をどう思う?」

「旦那……。帰ってもらえませんかねえ……」

お染はむっつりとして、雁首《がんくび》に銀の蝶《ちょう》が刻まれた愛用の煙管《きせる》で一服つけた。

馴染み客が三人、帰ってしまったからではない——。

新兵衛だけではなく、あの又公までが知っていると思われる、大工の安五郎の話を、栄三郎から自分はまったく聞かされていないことが気にくわなかったのだ。

「何だい、何かあったらすぐに頼ってくるくせしてさ……」

吐き出した白い煙の向こうに、にこっと笑う弥十郎の丸い顔が見えた。

〝ポン!〟と雁首を火鉢の端で叩くと、お染は板場に入ってしまった。

「おいおい、おれがいってえ何をしたってえんだ。おれは、若え者がおかしな道に落ちこまねえように、身銭《みぜに》を切って茂兵衛を使って……。誰も聞いちゃいねえや。おれも帰ろう……」

なぜか人に愛されない自分に首を傾《かし》げつつ、弥十郎も店を出た。

その頃、栄三郎、新兵衛、又平は手習い道場に戻り、道場の裏手にある善兵衛長屋の様子をそっと窺《うかが》った。

もちろん、安五郎の家に、もしやおちかが訪ねて来ているのではないかと案じてのことである。

「まったくあのクソ同心、どこまで間の悪い野郎なんだ……」

「あの田辺屋の主《あるじ》にしては珍しい失態だな」

栄三郎と新兵衛は口々に呟きながら、板塀の上に取りついている又平を見上げた。

三人は一度、おちかの休み処に行ったことがあるゆえ、顔を覚えられているかもしれない。おちかが来ている可能性がある以上、簡単に近寄れないと思ったのだ。

「又平、安さんはいるか……」

「いや、どうも家にはいねえようですね」

上から覗き込む又平にも、安五郎の家の明かりは見えなかった。

「そんなら、帰って来るのを待つか……」

三人は、道場へ入って格子窓《こうし》に張りついた。

そこからは、長屋の木戸へと向かう人の姿が見える。

「考えてみれば、いつかこういう日が来るのはわかっていたんですよねえ……」

又平がポツリと言った。

「ああそうだ……。おれが引き受けた取次は、役人に知られることなく安吉の悪事を思い止《とど》まらせるというものだったが、安五郎に会って詫びを入れて、必ず金を返せと安吉を脅しつけたのは、余計なことだったのかもしれねえな……」

「いや、そんなことはない」

栄三郎の嘆きを新兵衛は強く打ち消した。

「迷惑をかけた相手に面と向かって許しを乞《こ》うのは当たり前だ。それがたまさか、実の父親であったということではないか」

「それはそうだが……。名乗るに名乗れねえ父親だった」

「やっぱり、安さんは親だと名乗っちゃいけねえんですかねえ」

「又平の言う通りだ。おれは名乗るべきだと思う。いくら安吉が子供でも、そのうちに気がつくであろうし、安五郎が父親とわかったとて、今の安吉ならばこれを喜ぶに違いない」

「おれもそう思う。だが、安さんは、それじゃあおちかさんに申し訳ねえと思っているんだろう」

「なるほど……。そうだな。今さらのこのこと出て来られても、育てたのは母親だ。あちらを立てればこちらが立たずか……」

「安吉の父親は松五郎という極道者で、十六年前に死んだ。そういうことにしておいた方がいいかもしれねえぜ」

それゆえ、安五郎に安吉と会うように仕向けたことが本当によかったのか、ただのお節介であったのか……。あの時、会わさずとも折を見て、うまく父子の対面を画策してやればよかったかもしれない。

ずるずると、月二回の楽しみに浸《ひた》ってしまった安五郎を責められるものではない。

だが、今これをおちかが知った時、感情にまかせた軋轢《あつれき》が、いまだに互いに未練を残していたおちかと安五郎のか細い縁《えにし》の糸を、すっぱりと切ってしまうのではないか――。

栄三郎は気を揉《も》むばかりであった。

その時、果たして安五郎は、京橋《きょうばし》川の岸辺におちかと二人佇《たたず》んでいた。

前原弥十郎からの報《しら》せは、おちかの胸を激しくかきむしった。

「大工の安五郎……」

長屋の衆が言うのには、息子・安吉はその安五郎のことを、

「父つぁん……」

などと言って、慕《した》っているという。

しかも、左の目尻の黒子といい、背恰好といい、本当の父子のように見えるというではないか。

「ああ、そうですか。わたしが死んだ亭主を憎んでいたのを知っているから、その昔馴染みのお人は気を遣って、このことはわたしに言うなと安吉に言ってくれたのでしょう……」

必死で動揺を抑え、何がさて、そのお方の意見で倅が真っ当になってようございましたと、おちかは弥十郎に頭を下げ、素早くお亀に相手をさせたので、弥十郎の問いかけからは逃れることができた。

しかし、おちかの腹の内は煮え繰《く》り返っていた。

恐らく前の亭主の安五郎は、どこかで安吉を見かけて我が子と知り、言葉巧《たく》み

に安吉を手なずけて、月二回の小宴に持ち込んだのに違いない。

安吉が、安五郎から一両騙し取ったことを知らぬおちかとしては、そう思っても仕方あるまい。

「お前の父親は松五郎といって、お前が三つの時に死んでいる……」

とんでもない男で、安吉が生まれて程なく連れて逃げたと今日まで言い聞かせてきたのだ。

安五郎はいつか父子の名乗りをするつもりだろうが、そうはさせてなるものか。

おちかは安吉に店を任せ、その〝善兵衛長屋〟に前夫と話をつけてやろうと、弥十郎が去って後、敢然《かんぜん》と京橋への道を辿ったのであった。

といっても、おちかは苦労を重ね、休み処を任されるまでになった女である。

いきなり長屋に乗り込まず、外からそっと木戸を見張り、ついに仕事から戻ってきた安五郎を捉え、有無《うむ》を言わさずこの岸辺に連れて来たのだ。

こそこそと自分の目を盗んで安吉と会っているなど、真に許し難い男ではある。

しかし、ここは安吉を育ててきた母の余裕で、

「お前さんも元気そうで何よりでしたねえ。聞けば安吉が世話になっているそうで……」

せめてこれくらいの言葉をかけるつもりであったのだが、仕事から帰ってきた安五郎の姿を見た時、老けたとはいえ、昔変わらぬその姿に、あの日の恨み事が不覚にも蘇《よみがえ》って、おちかの忘れてしまっていた〝女の苛《いら》立《だ》ち〟が表に出てしまった。

おちかの姿を認めて呆然《ぼうぜん》と立ち竦《すく》んだ安五郎の姿からは、四十を過ぎ分別をつけ、なおかつ自分の恥ずかしい過去を悔やむ、男の真心が醸《かも》し出されていたように思えた。

自分自身四十前の年《とし》増女《まおんな》となり、そういう人情の機微《きび》がわからぬわけでもあるまいに、怒りつつも、いつもより念入りに化粧を施《ほどこ》して出て来たというのに、売り言葉に買い言葉で、

「この子を連れて出て行ってやる！」

と叫んで引っ込みがつかず、家をとび出したあの日と変わらぬおちかがそこにいた。

「ちょいと顔を貸しておくれな……」

実に無愛想に安五郎に声をかけると、この岸辺にただ無言で連れだしたのであった。

岸辺の周囲は柳が立ち並び、対岸は〝竹河岸《たけがし》〟で、陸揚げされた無数の竹が立てかけられている。

月でも川面《かわも》に浮かべば粋《いき》なのだが、近くの一膳飯屋から、人足達の野卑な声とともに届く掛行灯《かけあんどん》のわずかな灯《ひ》だけでは、久し振りの対面を果たしたというのに何とも殺風景であった。

「お前さん、今頃になってのこのこと出しゃばって、わたしから安吉を取り上げようっていうのかい……」

そして、面と向かって出た言葉がこれであった。

「おちか……、すまねえ、勝手なことをしちまった。だがこれは、安吉のことを思ってしたことなんだ。決してお前から安吉を取ろうなんてことは……」

「あの子の父親は松五郎という極道者で、とっくの昔に死んだことになっているんだよ」

「そいつはわかっている……」

「言うまでもなかったね。お前さんは、一年の間、安吉の親代わりを気取っていたんだから、それくらいは安吉から聞いて知っているはずだったね」

「おちか、おれは奴が町でよたっているのを見て、このままじゃあいけねえと……」

「男親のいないあの子を哀れんでくれたのかい。そもそもあの子がぐれたのは誰のせいなんだい！」

「すまねえ……」

安五郎は、安吉の悪事のことは己が胸の内に収めて、がっくりと項垂《うなだ》れた。

「でも、あの子は確かにぐれたけど、お前さんの若い時のことを思えばかわいいもんだよ」

「おちか……」

「どうして帰って来たんだよ。あんたはどこか遠い所で一家を構えて、よろしくやっているとばかり思っていたのに……。男はずるいよ。子供を女房に育てさせておいて、大きくなったら、女にはわからないことをあれこれ教えこんで、子分にしてしまうんだ」

「どういうことだい」

「あの子が、俄に職人になりたいなんて言い出したんだよ」

「もうこの歳から職人にはなれないか……。いきなりそんなことを口にしたんだよ。あんたが……、あんたが仕事自慢をしたに決まっているんだ。男はこうでなくちゃあいけねえ……、そんなことを並べて、あの子の心を惹こうとしたんだ！　ずるいよ……。男ってのは本当にずるいよ……」

「安吉が……」

子は鎹《かすがい》という。

しかし、一度もつれた夫婦にとって、その鎹が火種ともなる。

何があっても安吉のために……。その想いだけで、辛《つら》い浮世を乗り切ってきたのだ。どうして息子を渡されようか。その意地が今、おちかを頑《かたく》なにしていた。

「お前も大工になれ……。そんなことは一言も口にしちゃあいねえが、きっとおれも調子に乗って仕事自慢をしたんだろうよ。すまなかった。おれがこんなことを言うのも何だが、女手ひとつで、よく育ててくれたな。礼を言うぜ。もう、安吉には会わねえから心配するな」

頭《こうべ》を垂れる安五郎に、昔には見られなかった男の真心が籠《こ》もっていたが、

「そんな言葉が信じられるかい。安吉はあんたに会うことが楽しみになっているようだ。下手《へた》なことをしたら、またあの子は何をしでかすかわからないよ」

おちかはどう片付けていいやら、取り乱して前が見えなくなっていた。

「わかった。どうすればお前が満足して、安吉に波風を立てずにおけるか、頭を冷やして考えるから、お前も少し気を落ち着けて、改めて話し合っちゃあくれねえか……」

思えば怒りとやるせなさに、後先考えずにここまでやって来たおちかであった。その言葉には頷《うなず》くしかなかった。

「赤羽根《あかばね》の〝しのはら〟という料理屋を覚えているかい」

「〝しのはら〟……。ああ、覚えているよ」

「五日の後の七ツ（午後四時）に、そこでもう一度会って話をしよう。お前の得心がいくように段取りを決めようじゃねえか。それまでに安吉に会うことは誓ってねえよ」

「わかったよ……」

「そんならご免よ……」

「ちょいとお待ちよ」

肩を落として去り行く安五郎を、思わずおちかは呼び止めた。

「お前さん、どうしてあの子が安吉だとわかったんだい」

騙《かた》り者の姿を見つけて後をつけてみれば、お前の姿がそこにあったのだと、それでも口には出せず、

「そりゃあ、血を分けた我が子だ。姿を見りゃあすぐにわかるさ」

安五郎はやっとのことでそう言い残すと、踵《きびす》を返した。

後ろ姿を見送るのも悔しくて、おちかもすぐに背を向けた。

若い頃の向こう見ずで、幼い子供を連れて家をとび出した女房――。

その寂しさに耐えきれず、木更津《きさらづ》の地に出て行ってしまった無分別な亭主――。


おちかが安五郎の姿をそっと求めれば安五郎の姿は江戸になく、おちか恋しさに江戸へ戻れば安五郎を諦めたおちかの姿はどこにもない――。

すれ違いを続けて十六年。互いに未練を心の内に残しつつ、このような再会を迎えることになろうとは……。

安五郎は、どこをどう歩いたかしれぬうち、長屋の木戸に辿りついた。

こんな時でも腹は鳴る。真に人は浅ましい。そして、ひもじさは何とも人を情けない思いにさせる。

「安さん、ちょいと一杯やるか……」

気がつくと、秋月栄三郎の声が聞こえた。

その途端、安五郎の目から、不覚にもはらはらと涙がこぼれ落ちた。

四
「そう言やあ、去年のちょうど今頃も、ここでこうやって、あっしのしがねえ昔話を聞いて頂きやしたねえ……」

細長い通り庭になっている土間を挟んで、手習い道場の向かいにある六畳の間。

安五郎は、ここで秋月栄三郎、松田新兵衛、又平に見守られて、ほっと息を吐いた。

〝そめじ〟でゆっくり飯も食えなかった栄三郎達であった。

安五郎が帰ってきたら誘ってやろうと、又平がひとっ走りして、枝豆の塩茹《ゆ》でやら豆腐《とうふ》に干物《ひもの》などを調達して、四人は一杯やっている。おちかとのこともすべて聞いた――。

「まったく、あの前原弥十郎って男だけは、どうして、ああ、間が悪いんでしょうねえ。ここまできたら神がかりだ」

安吉の更生に随分と尽力した又平は、いまだ頭にきてならない。

「でも、又さん……。お蔭でおれはちょっとばかり、気が楽になったよ」

「今度会ったら、何と言うつもりだい」

栄三郎が穏やかに問うた。

「さて、まだはっきりと決めておりやせんが、以前世話になった木更津の親方が、あっちで働くつもりはねえかと、このところまた声をかけてくれていましてね」

「江戸を離れるというのかい」

「安吉に別れを告げるのに、他にいい理由は見つかりやせんし、そうした方が、おちかも安心すると思うんですよ」

「おいおい安さん、せっかく長屋の連中も今じゃお前さんを兄ィと慕っているのに、出て行くなんて寂しすぎるぜ」

堪らず又平が口を挟んだ。

「そりゃあこうして、先生方や又さんとも懇意《こんい》にさせてもらったというのに、江戸を離れるのは辛《つら》い……。だが、元よりおれは、江戸へ戻らずに、木更津にいればよかったんだ」

安五郎は、又平が注いだ冷や酒を茶碗でぐっと飲み干して、つくづくと言った。

「おちかに出て行かれてから三年もの間江戸を離れて、それでもまだおちかが、共に暮らした芝の辺りで、おれの行方を捜《さが》しているんじゃあねえか……。そんな馬鹿な想いが募って、木更津の親方が止めるのも聞かずに、のこのこと帰って来たのがいけねえ……。おちかの姿はどこにもなくて、今さら木更津にも戻れねえと、こうして今日までやってきたが、倅に会えただけでもよかったってもんだ。栄三先生、あっしが出て行くのが一番だと思いませんかい」

「そうさなあ……。安さんの気持ちはよくわかるが、お前の父親だと明かさぬままに、安吉とは別れていった方がいいんだろうか……」

「あいつの父親はとっくの昔に死んじまった。それでいいんですよ。おちかがそれを望んでいるんですから……。先生方や又さん、田辺屋の旦那のお蔭で、安吉はすっかりと立ち直りやした。この一年、月に二度会うことができた。しめえには父つぁん、安吉と呼び合うことが叶《かな》って、あっしはもう、夢心地でごぜえやした。江戸に未練はござんせん」

安五郎はそう言って胸を張った。

「本当に未練はないのだな」

新兵衛が念を押した。

威風漂う新兵衛の言葉は、口数が少ないだけに重みがある。

「おぬしの別れた女房は、家をとび出してしばらくしてから、おぬしのことが気になって、そっと様子を窺いに行ったというぞ」

「おちかが……」

栄三郎も又平も、一年前におちかの休み処に田辺屋宗右衛門とともに立ち寄った時、あれこれ世間話を弾《はず》ませるうちに、当人から聞いた言葉であった。

すぐにも知らせてやりたくはあったが、安吉との関わりが落ち着くまではと、言わずにおいたことなのである。

「このままではまた、おちかと安吉二人を放って、逃げ出すことになるではないか」

新兵衛に言われて、安五郎の目に再び涙が浮かんだ。

「そうでやしたか。おちかがそんなことを……」

「そろそろそんな話をしようと思っていたんだが、前原の旦那のお蔭ですっかり段取りが狂っちまってな」

　栄三郎が続けた。

「ヘッ、ヘッ、馬鹿でごぜえやすねえ。あっしもおちかも……。そもそも巡り合わせが悪い二人だったんでごぜえやすよ。おちかの気も知らねえで、あっしは木更津じゃあ馴染みの女まで作って……」

「だが、やはり、別れた女房のことが忘れられずに戻ってきたんだろう。それで、行方の知れねえ女房子供が、もしも苦労をしていたら、手前《てめえ》ばかりが幸せになるわけにはいかねえと、今まで独り身を貫《つらぬ》いてきたんじゃないか。その想い、きっちりと伝えりゃ、おちか殿だって……」

「いえ、もうその気持ちは今のおちかにはござんせん。あっしは、おちかを出し抜いて、血のにじむような思いであいつが育てたお宝に、勝手に触っただけじゃあなく、持ち出していたんでごぜえやすよ」

「安さん、それは違うだろう」

「いいえ、女房の気持ちはそういうものでございますよ。あっしら男の理屈は通らねえ……」

　そう言われて、妻帯の経験のない栄三郎、新兵衛、又平は、女房とはそのようなものか、いや、きっとそうなのであろうと沈黙せざるをえない。

「五十文ずつ月に二度、返しに来いなどと、我が子会いたさに、言っちまったあっしがいけなかったんです。さっきのおちかの怒りようを見るに、ここはあっしが江戸を出て行くのが何よりでございます。おちかは暮らしに不自由はねえようだし、安吉が傍《そば》についていりゃあもう何も心配ねえ。あっしのこともいつか安吉は、そんなこともあったと、時には懐《なつ》かしく思い出してくれるでしょう。それだけであっしは幸せでごぜえやす。五日の後に、あれこれ段取りをつけて、おちかに会って参りやす……」

「わかったよ……。これから先は、夫婦の間のことだ。おれたちが口出しできることじゃあねえな……」

何か言いたげな又平を目で制して、栄三郎は安五郎に頷いてみせた。

新兵衛は押し黙っている。

「だが、これだけは言っておくよ。あれこれ段取りをつけるのは、今度おちか殿に会ってからにするんだな。女房に逃げられたと、後のことを考えずに江戸を離れた昔と同じことをしてはいけない……」

「へい……。そうでやすね。まず会って話をしてからのことに致しやす。まったくあっしはいくつになっても、考えが浅いというか、何というか……」

頭を掻《か》きながら栄三郎の言葉に大きく頷いて、

「栄三先生、新兵衛先生、又さん……。色々とお世話になりやした。おちかと久し振りに会って、詰《なじ》られて、どうしようもなく心が塞いでおりやしたが、ここでこうして話をお聞き頂いて、本当に……、本当に救われた想いでございます。このご恩は一生忘れるものじゃあござんせん。ありがとうございました……」

安五郎は、変わらぬ決意を胸に、深々と三人に頭を下げたのであった。


それからしばし時が刻まれて――。

栄三郎の居室には、安五郎が長屋に戻った後も新兵衛と又平がいて、栄三郎と渋い顔をつき合わせていた。

三人の胸の内は同じである。

なぜ、安五郎が出て行かねばならないかに対する疑問である。

「おれにはどうもわからぬ……」

新兵衛が重い口を開いた。

「夫婦のことはおれにはわからぬ。だが、安五郎、おちか、安吉の三人がどうしてひとつにまとまらぬ」

「あっしも同じ想いでごぜえやすよ」

まどろっこしいことだと又平が相槌《あいづち》を打った。

「何度も言うが、安五郎は安吉に、なぜ父親だと名乗れない。おちかへの遠慮はわかるが、夫婦別れをしたのは、安五郎だけが悪いのか」

「そうではないとおれも思う。だが、今は懐いている安吉も、安さんが、昔母親を泣かせた極道親父だとわかれば、心を病んでどうなることかしれぬではないか」

「う〜む……。それでまた安吉がぐれるのではないかと心配しているということか……」

「子供のこととなると、あれこれ心配するのが親だ。安吉が、たとえ安さんのことを受け入れたとしても、おちか殿の方が安五郎をあくまでも恨んでいたら、間に立って安吉が辛い想いをするし、今は不自由なく暮らしているなら、親子の暮らしに波風をたてずに、そっとしておく方がいいと思ったのだ」

「しかし、それでも安吉には時折会いたかった……か」

「ああ、離れていた間に、教えられなかったあのことも このことも、話しておきたかったのだろうよ」

「だが今度のことで、安五郎は何ひとつ、悪いことはしておらぬ」

「それはそうだ。元はといえば、安吉が安さんから一両を騙し取ったことから始まった話だ」

「それに、安五郎はいい男だ」

「言うまでもない。安吉が犯した罪が何とか世間に知られぬように、おちか殿にも、そのことは胸の内に収め、すべては己が若き日の罪だと受け止める……。うん、いい男だ……」

「その安五郎がなぜ出て行かねばならぬ！」

「おれに怒るなよ。おれもお節介焼きの取次屋栄三だ。このままじゃすまされぬと思っているさ。要は、おちか殿の気持ちをいかにほぐすかだよ」

「うむ……。女の気持ちをほぐす術《すべ》は、おれにはわからぬな……」

新兵衛は再び押し黙って、冷や酒を一口含んだ。

「まあ、五日の後に会うと言っていたから、考えてみよう。まず飲め。おう、又平、酒が切れているぜ……。何だ、どこへ行ったんだ」

ふと気がつくと、又平の姿が消えていた。

見れば、道場の見所《けんぞ》で何やらごそごそとしている。備え付けられた小さな押入れから何かを取り出しているようだ。

やがて、風呂敷に包まれた何かを手に、又平はにこやかに戻って来て、

「両先生、こういうことは、もうあっしらのような、ただの人にはどうしようもありやせんよ」

少し含み笑いで栄三郎と新兵衛を交互に見た。

「ただの人でなきゃあ、誰に頼むんだ。天狗《てんぐ》にでもお願いするか」

「いえ、赤般若様と、白般若様ですよ」

ニヤリと笑って、又平は風呂敷包みの中から、二枚の面を取り出した――。

五

夕方から雨となった。

家の裏手に流れる隅田川に降り注ぐ雨音が、閉めきった戸の向こうから、騒がしい調べを奏《かな》でている。

向島木母寺の境内にある休み処の奥は、平家の小さな家屋に続き、ここがおち

かと安吉の住まいであった。

「何だい、これは鯉《こい》のあらいじゃないか。随分と豪儀だな……」

「頂きものさ。こっちの山芋は残り物だけどね。さあ、たんとおあがり」

この一年間は、月に二度の〝お寺回り〟の他は、ほとんどこの家でおちかととも に夕餉をとる安吉であった。

おちかにとっては、隅田川の岸辺の家で一人、いつ帰ってくるやもしれぬ放蕩《ほうとう》息子を案じながら、一人でとる夕餉が続いていただけに、堪らなく幸せな一時となった。

こんな日は酒の一杯も茶碗に入れて出してやったし、たまには遊んで来てもいいんだよと、親の寛大さも見せた。

そういうことのひとつひとつが、楽しくて仕方がなかった。

だが、思えばその幸せをくれたのは、他ならぬ安五郎であったのだ。安五郎によって、安吉は生まれ変わったのである。

それなのに、しばらく振りに会ったというのに、その安五郎に、何の礼も言わずに、ひたすら、自分を出し抜いて安吉に会っていたという一事だけを取り上げて詰ってしまった。

もっと他に物の言いようはなかったか。

安五郎は、昔とは違っていた。

「どこへでも出て行きやがれ！」

と、おちかに素行を糺《ただ》されるたびに叫んでいた頃とはうって変わって、黙っておちかの怒りを受け止めた。

そして、もう安吉には会わない。どうしたらおちかが得心できるか、きっちりと考えた上で、五日後に赤羽根の料理屋〝しのはら〟で会おうと言ってくれた。

そこは、安五郎とおちかにとって思い出の店であった。

一緒になろうと言ってくれたのも、おちかが身籠もったことを知り、でかしたぞと祝ってくれたのもその店であったのだ。

〝しのはら〟という店名が、すっと安五郎の口から出て、当然の如《ごと》く頷いたおちか――二人の間にはまだ分かち合うものがあったことが、おちかの胸を揺らした。

久し振りの再会に際して、怒りに震えながらも念入りに化粧をして出かけた自分は、やはり安五郎に未練があった。

いきなりくってかかったのも、亭主への甘えがあったからに他ならない。

甘えられる男の度量を覚えたから、恨み事ばかりが出たのであろう。

――でも、わたしはあの人を許さない。

安五郎がおちかを出し抜いて安吉に会っていたということは、おちかのことはどうでもいいが、血を分けた息子は自分の手の中に収めたいという意思表示に等しいではないか。

これが許せるものか。いや、許してはならない。

〝しのはら〟で安五郎に会うのは三日の後に迫っていた。

安五郎には、あの京橋の長屋を出て、安吉の知らぬ所で暮らしてもらうしかない。

おちかは心に固く決めていた。

「どうしたんだいおっ母さん、この二、三日、様子がおかしいじゃないか」

「何がだい……」

ぽつりと安吉が言うのに、おちかは少し慌てた。

「いや、ひょっとして、誰かいい人でもみつかったのか……てね」

「馬鹿をお言いでないよ。この子は親をからかって……」

一笑に付したおちかであったが、ある意味心の奥底を覗かれた思いに動揺した。

「そんなことより安吉、職人になりたいとか言っていたけど、何かあてはあるのかい」

安吉も、意外なことを言い始めたおちかを怪訝《けげん》に見て、

「ああいや、通りがかりに普請場《ふしんば》を見て、手に職のある人が、何だか立派に思われて……。ははは、大した意味もなかったんだ。忘れておくれ」

安五郎とのことを知られてはならないと、言葉を濁《にご》した。

――この子は私を気遣ってくれている。

すべてを知るおちかは、安吉の返答に、母である自分の許《もと》を離れるつもりのないことを確信して、ほっとした。

育てた自分が、安五郎に勝ったんだと、我ながら子供じみた想いに呆れ返るばかりであるが、身内のない自分は、安吉を奪われてはどうしようもないのである。

しかし、この子を取られてなるものかと、安五郎を許さぬことで気を奮《ふる》い立たせるおちかであったが、三日の後のことを思うと、なぜかすぐにその気が萎《な》えてしまう。

それが、未練を残した安五郎への恋情であることを知りながら、おちかはひたすら強がるのであった——。

そして、心の内で葛藤《かっとう》を繰り返しつつ、その日も夜が更けた。

寝苦しさに目が覚めると、雨は止《や》んでいた。

「さっき、何やら物音がしたような……」

おちかは寝床を出ると、隣《となり》の部屋で寝ているはずの安吉の様子を確かめた。

しかし、そこに安吉はいなかった。

「安吉……。安吉！」

まさか家を出て行ってしまったのではないか……。

あれこれ不安がつきまとうだけに、想いは悪い方へとばかりに向かう。

「安吉……」

捜せど安吉の姿は、家にも休み処にもどこにもない。

梅若丸の母親は、さぞやこんなやりきれず、落ち着かぬ気持ちであったのだろう。

半狂乱となったおちかは、裏手の塀の潜《くぐ》り戸が開いていることに気付き、素足のままで外へと駆け出した。

その時、安吉は――。

隅田川の岸を西へ少し行った所にある水神社《すいじんじゃ》の裏手にいた。

知らぬ間に、裏塀をとび越えて侵入した何者かが、安吉が眠る部屋の小窓を外からこじあけ、一通の文に石ころを包み、投げ入れたのである。

それは安吉の額《ひたい》に当たった。

「何だこれは……」

開けてみると、それは赤般若、白般若からの、ここへの誘いの文であった。

〝この一年のこと真に天晴《あつぱ》れ　最後に言い置くことこれあり　水神社にて待つ
赤はんにゃ　白はんにゃ〟

文にはそう認《したた》められてあった。

あの恐ろしい二人は、一年間、安吉のことを見ていたようだ。気味が悪いと思いつつ、行かねばまたどこで捕らえられるかしれない。

それに、その文を読むうちに、無性《むしょう》にあの般若に会いたくなってきたから不思議だ。

そうして、そっと来てみれば、果たしてそこに、赤般若、白般若の能面を被《かぶ》った二人が現われた。

般若二人は、開口一番、安吉のこれまでの暮らしぶりを誉め称《たた》え、お前の為《な》すべき最後のことは、自分が安五郎に対して犯した罪と、それから安五郎がしてくれたことを、すべて母親に打ち明けることだと告げたのだ。

「それはわたしも、何度も打ち明けようと思いましたが、安五郎の父つぁんはくれぐれも言っちゃあならねえと……」

「だが、いつまでも親に隠し事をしていてよいものではない」

赤般若が、静かな力強い声で言った。

「安五郎はあのような気性をしているゆえ、お前の母親に心配をかけまいとしてそう言ったのであろうが、月に二度の外出《そとで》を母親が気にかけぬはずはない」

白般若が続けた。

「それは確かに……。ですが、わたしは父つぁんと男の約束を……」

「黙れ！」

なおも渋る安吉に、赤般若は体中を凍りつかせるような野太い、気合に充ちた一喝を放った。

あの日の赤般若の神業《かみわざ》の如き居合抜きは、安吉の脳裏に焼き付いて離れない。

安吉は震えあがった。

「よいか、我ら二人は、昔、食い詰めて難渋《なんじゆう》しているところを安五郎に助けられた恩義がある。それゆえ、これは安五郎のためになると思うゆえに申すことだ。四の五の言わずに言われた通りにしろ。さもなくば容赦《ようしや》は致さぬぞ！」

赤般若の迫力に、安吉は、

「しょ、しょ、承知致しました……」

と、何度も頷いた。

「安五郎は、昔、夫婦別れをした女房のことを今でも想い続けている優しい男だ。そのことも、お袋殿に必ず伝えよ」

白般若が付け加えた。

「へ、へい、何やらわかりませんが、きっと伝えますでございます」

「安吉、お前は死んだ父親を恨んでいるか」

白般若の声はいつも優しげである。

「いいえ、出て行ったお袋も、向こう見ずな女ですから、今となっちゃあ生きていてくれたらと思います」

「そうか、お前は立派になった。これでもう会うこともあるまい。行くがよい。安吉、達者で、幸せに暮らせよ……」

「へ、へい……」

「行け！」

「へい！」

赤般若に追い立てられ、安吉は駆け出した。

途端、白般若が笑い出した。もちろん、その正体は秋月栄三郎――赤般若の松田新兵衛の方を向いて、

「新兵衛、何だこれは、ただ脅しただけじゃあねえか」

「こういうことは理屈ではない。とにかく安吉に言わせればいい話なのだ」

「新兵衛はすることが荒っぽいねえ……」

「物事は、時に力で捻《ね》じ伏せねば前に進まぬことがある……。いつか岸裏先生がそう仰った」

「うむ、それは確かに……。これでうまくいかなかったらどうする」

「おちかを脅す」

「こいつは大変だ……」

溜息《ためいき》をつく栄三郎を社《やしろ》の物蔭に潜《ひそ》んでいた又平が見て、笑った。

文を投げ込んだのはもちろんこの男であった。

た。

　そんな赤白二人の般若の正体など考える余裕もなく、安吉は家へと駆け戻った。

　安五郎と男同士の約束だと誓ったものの、命には代えられない。

　本音を言うと、おちかに安五郎のことを話したくてうずうずしていた安吉であった。

　それゆえに、あの恐ろしい赤般若の脅しはかえってありがたかったといえる。

　思えばおかしな般若である。安五郎に受けた恩義ひとつで、取るに足らぬ若造一人にここまで手間をかけるとは……。

　しかし、般若が現われてこの方、安吉は確実に幸せになった。

　初めの頃は、どこで見張られているやしれぬと落ち着かなかったが、般若に言われた通りにしているうち、周囲の者の自分を見る目が温かいものに変わった。

　謝りに行けと言われた安五郎からは、男の優しさや、生きる道を教わった。

　――あの二人は鬼ではなくて福の神だ。

　安五郎のことを話せば、己が悪事を告白することになる。だが、理由を話せばおちかだってわかってくれるであろう。

　そして、恐ろしい般若が愛してやまない安五郎は独り身である。もしや、二人を引き合わせた時、互いに惹かれ合うことにはならないだろうか。

――いやいや、それは考え過ぎだ。

恐ろしい目に遭ったというのに、安吉の足取りは軽かった。

おちかに隠し事がなくなる。解き放たれた想いである。そもそも、安五郎はなぜ頑なに自分の存在をおちかに知られることを拒《こば》んだのであろうか。話せばわかってくれる母親であるものを――。

何かと想ううちに、安吉は家の裏手に戻って来た。

その時――自分の名を呼ぶ狂女の姿を見て、恐れおののいた。しかし、素足で髪を振り乱し、かろうじて提灯《ちょうちん》だけを手にした女が、すぐに母親のおちかであることに気がついて、

「おっ母さん……。何をしているんだよ……」

と、駆け寄ると、

「どこへ行っていたんだい！　もう帰って来ないかと心配したじゃないか……」

おちかはおいおいと泣いて安吉に縋《すが》りついた。気丈《きじょう》で、涙ひとつ見せなかった母親の乱れように、安吉も戸惑《とまど》った。

「すまない……。すまなかった……。ちょいとこれには理由があるんだ。その理

由を、これからひとつ残らず話すから、おっ母さん、堪忍しておくれよ……」

抱えるようにしておちかを家に連れ戻した時、安吉はあまりにも軽い母の日方に今さらながら気がついた。

「おっ母さん……。おれが悪かったよ……。おれが……」

母親を軽々と抱き抱えられるようにまでなったというのに、今までおれは何をしていたのだ……。我が身の不甲斐《ふがい》なさを思い知らされた気がして、安吉もまたおいおいと泣き出した。

涙にくれる母子は、それぞれの想いを胸に、しばしその場を動けなかった。

早く家へ入って話さぬかと、そんな母子にせっつくように一旦止んだ雨が再び辺りを濡《ぬ》らし始めた。

六

おちかが泣いた。安吉が泣いた。

その夜から三日が経った七ツ刻――。

赤羽根の料理屋〝しのはら〟で、今度は安五郎が泣いていた。

「物事は、時に力で捻じ伏せねば前に進まぬことがある」

松田新兵衛が、岸裏伝兵衛の言葉を思い出して言ったことは正しかった。

赤白二人の般若に脅された安吉は、おちかに何もかも打ち明けた。

彼が何を打ち明けたかは、最早《もはや》言わずもがなのことである。

ただ、何よりも大事なことは、安五郎という男が、いまだに別れた女房に未練を持って、浮いた話もまるでなく独り身でいることを、おちかが知ったことである。

あの夜、おちかもまた安吉にすべてを打ち明けて、母子は抱き合って泣いた。

そして、〝しのはら〟に出かけた安五郎は、そこに、おちかだけではなく安吉までもが来ていることに驚いた。

安吉がいつも安五郎を呼ぶ〝父つぁん〟に〝お〟の字がついた。

「お父つぁん。どこへも行かねえでおくれよ。おっ母さんは恥ずかしくて言えねえそうだからおれが言うよ。おっ母さん、お父つぁんに未練があるそうだ……」

いきなり言われたこの一言で、安五郎はもう何も言えなくなった。

「お前……、どうして……。おっ母さんには言うなと言っただろう」

やっとのことで涙ながらにそう言うと、

「すまなかったよ。だが、言わねえと、般若様に殺されるんだ。だから怒らねえでおくれ」

「どうしておれが怒るんだ。悪いのは何もかもこのおれじゃねえか……。それなのに安吉、お前はこんなおれのことをお父つぁんと呼んでくれるのかい……。まったくどこの誰だか知らねえが、般若様もお節介だなあ……。おちか……、おれに未練がある……。嬉しいぜ。嬉しい……。だが、もう少し早く言ってくれよ……」

「お前さんが、言ってくれないからだろう……」

「ああ、そうだったな……、そんなら何度でも言ってやらあ、おちか、おれは今でもお前に惚《ほ》れているよ」

「お前さん……」

こうして安五郎は泣いているのである。

もちろん、おちかも安吉も……。

涙にくれる沈黙の中、どのようにしてこれから三人で幸せを摑《つか》もうか、一家三人はそれぞれ言葉を探していた。

その心中を覗き見るのは野暮というものだ。

料理屋の一間には、しばし嗚咽《おえつ》が漏《も》れていたが、その分、隣の部屋の客達の会話は弾《はず》んでいた。

着流しでちょっとくだけた浪人風、巌《いわお》の如き体軀《たいく》の剣客《けんかく》風、洒脱《しゃだつ》な町の若い衆、小股が切れ上がった町の姐《ねえ》さん……。

なぜか小声で話す四人は、秋月栄三郎、松田新兵衛、又平、お染である。

「なるほど、そういうことだったのかい。こいつはちょいと混み入った話だったんだねえ……」

天敵・又公が知っていて自分が知らない安五郎の事情があることに、すっかり拗ねてしまっていたお染も、ここに参加できたことで機嫌《きげん》を直していた。それどころか、目に薄《うつ》すらと涙を滲《にじ》ませている。

赤般若、白般若で安吉を脅したものの、これが不調ならば、おちかを脅すつもりの栄三郎と新兵衛は、又平を連れて、安五郎が店に入ったと見るや、あらかじめ押さえてあった隣の間でそっと様子を窺っていたのである。

それに際して、怒らせるとちょいと面倒なお染を連れてきたというわけだ。

どこまでも間の悪い前原弥十郎に、うっかりと木母寺の休み処を教えてしまったことから起きた騒動に、田辺屋宗右衛門はすっかり恐縮して、今日の払いを持ってくれることになった。

本当は自分自身がここへ来たかったのだが、恰幅《かっぷく》のよい分限者である宗右衛門が動くと何かと目立つゆえに、泣く泣く栄三郎からの報告を待つことにしたのである。

隣の話を薄壁に耳を当てて聞いているお染と又平に、

「みっともない真似《まね》をするな。今はただ、三人は泣いている……」

剣の達人・松田新兵衛には、身に備わった研《と》ぎ澄まされた五感の働きで、ただ座っているだけで隣室の様子が手に取るようにわかるらしい。

「どうやら、おちか殿を脅かさずに済むようだな」

栄三郎の言葉に、新兵衛はにこりと笑った。

そこに雨がパラパラと降ってきて、座敷の窓の庇《ひさし》を叩いた。

いよいよ梅雨に入るようだ。

しかし、身を寄せ合う親子三人には、雨もまたよかろう。

「さて、これから先はどうなるか……」

栄三郎は風邪を引いたかのような、小声の嗄《しゃが》れ声で喋り続けた。

「あの三人がどこで一緒に暮らすかだな。安さんはこの辺りで仕事をしているわけだから向島には行かれまい。おちか殿は思い切りがいい女だ。休み処にはしっかりとした姉さんが二人いるから、いっそ年嵩《としかさ》の方に後を託して、この辺に出てくると言い出すんじゃねえかな。そしたら、新兵衛が間借りしている唐辛子屋のお種《たね》ばあさん、そろそろ娘夫婦の許へ行こうかなどと言っていたから、あの唐辛子屋をおちか殿が引き継いで、新兵衛、お前はあの家を出ろ。そうすりゃあ親子三人暮らすにちょうどいいや。安吉は安さんの見習いとなって、大工になればいい。十九にもなっているが、なに親父の腕をもってすれば、すぐに息子は一端《いっぱし》の大工になれるさ。こりゃあいいな……」

「よく喋る男だ。親子三人はよいが、おれはどこへ行けばよいのだ」

「新兵衛が住む所くらいおれがどこでも見つけてやるよ。いっそ、田辺屋に間借りするか。うん、それもいいな。あの大店《おおだな》にお前ほどの用心棒がいれば何とも心丈夫だ。お咲は喜ぶであろうな……」

声を押し殺して笑う栄三郎を、新兵衛は呆れ返って見るばかりであった。

何がきっかけかしれぬが、横手でお染と又平が小声で言い争いを始めた。

雨足は次第に強くなった。

栄三郎の思惑通りに事が運ぶかどうかはわからぬが、隣ではやっと収まるべき所に収まった親子三人の心の雪解けが、雨水に急速に溶かされるかのように始まっていた。

三人が心地よく流す涙が乾くまで、後少しの間、時がかかるようである。

しかしひとつはっきりと言えることは、安五郎に〝茶漬け一膳〟を食べられる所ができたことだ。

その場がどこになるか――。

それもまた、梅雨が明ける頃には定まっていることであろう。

第二話

敵役《かたきやく》

一

梅雨《つゆ》がすっかりと明けた。

そして厳しい夏がやってきた。

この日、手習いは休みで、子供達の賑《にぎ》やかな声は聞こえなかったが、その代わり、ビュンビュンと木太刀《きだち》が空《くう》を斬る音が、真昼の〝手習い道場〟に響いていた。

流れる汗も何のその——厳《おごそ》かな〝気〟を発散させているのは、松田新兵衛である。

裏の〝善兵衛長屋〟の住人・安五郎は、めでたく別れた女房のおちかと縒《よ》りを戻した。

二人の間の子供・安吉も、この一年の間、安五郎のことを〝父《とっ》つぁん〟と慕ってきたのである。死んだと聞かされていた父親が生きていた。しかもそれが安五郎であったという事実に取り乱すこともなく、親子三人一緒の暮らしを望んだ。

こうなると、秋月栄三郎の予想通り、しっかり者のおちかの行動は早かった。

「もうすれ違うのはごめんですから……」

と、長年勤め上げて女将《おかみ》となった休み処《どころ》を、迷うことなく自分の右腕として使ってきたお浪に譲り、安五郎の許《もと》へ安吉と共に越すことにした。

そして、安五郎に、安吉を父親の手によって、立派な大工にしてやってくれと告げたのである。

安五郎に異存はないが、独り者のことゆえ、六畳一間の家を借りていて、ここには二人を迎えられない。

お節介な栄三郎は、このことを聞くや、新兵衛に件《くだん》の計画を実行するよう迫った。

苦笑いを浮かべながらも、それが皆の幸せに違いないと、剣友の願いを新兵衛はあっさり聞き入れた。

そして、新兵衛の寄宿先である唐辛子屋のお種婆《ば》ァさんが、かねてから娘のおみねと、その亭主で錠前師の庄吉《しょうきち》から望まれていた通り、芝源助町《しばげんすけ》の夫婦の家で共に暮らすこととなり、この唐辛子屋に、安五郎、おちか、安吉は越すことになった。

間口が二間《けん》に充《み》たない小さな家屋であるが、奥に一間《ま》と小庭があり、二階を間借りしている新兵衛が出ていけば、親子三人が住むのに申し分ない。

お種は一目でおちかを気に入り、あれこれ商《あきな》いを伝授すると、唐辛子屋を譲り渡して、後顧《こうこ》の憂《うれ》いなく娘夫婦の許へと身を移したのである。

ここまでは、栄三郎が立てた計画通りであったが、問題は新兵衛の新居であった。

田辺屋宗右衛門と諮《はか》って、広大な田辺屋に間借りさせることを画策したのであるが、これればかりは新兵衛、頑《がん》として受け付けなかった。

お咲のひたむきな想いが、明日の命をも知れぬ剣術修行の者ときつく己《おのれ》を律してきた新兵衛の心の扉を、少しずつではあるがこじ開けつつある昨今――それと自覚するだけに、新兵衛は田辺屋に入ることを断じて受けいれず、適当な所が見つかるまではと、手習い道場の二階に家財を移した。

そこは、地主でもある宗右衛門が、娘・お咲の着替え場として、物置きであった所を改造させた一間であった。

結果、新兵衛の部屋を借りて着替えることになり、近頃お咲は何ともどきどきとした心地を楽しんでいるのだった。

「新兵衛、仮住まいと言わずとも、いっそこのままここへ住み着いたらどうだ」

栄三郎はそう言ったが、

「ここは一見楽しそうではあるが、住む所ではない……」

新兵衛はこれも固辞した。

栄三郎のおめでたさが移るというのだ。

とはいえ、剣に生き剣に暮らす新兵衛にとって、道場で暮らすのも悪くはない。

手習いの合間を縫《ぬ》っては、こうして木太刀を振っているのである。

「新兵衛、ちょっと出かける……」

そんな新兵衛に、土間からのんびりとした声をかけて、栄三郎は又平と共に道場を出た。

新兵衛に触発されて、ならば共に稽古《けいこ》をせんと、木太刀をとるようなことはない。

無二の友である栄三郎と新兵衛は、互いの暮らしぶりに干渉しないのが、長く友情を育《はぐく》む秘訣《ひけつ》だと思っている。

もっとも、新兵衛の栄三郎に対する不干渉は諦《あきら》めの境地であるのだが……。

栄三郎と又平の向かう先は深川《ふかがわ》である。

梅雨の最中はあれこれこなさねばならぬ段取りに追われたこの二人は、新たな〝取次〟の仕事を依頼されたのだ。

「それにしても何でい又平、あんな女はこっちから願い下げだ、などと言っておきながら、お前、相変わらず〝ひょうたん〟に通っていたんじゃねえか」

真福寺《しんぷくじ》橋を東へと渡りながら、栄三郎はからかうように又平に言った。

「とんでもねえ……」

又平は少しむきになって口をとがらせた。

〝ひょうたん〟とは、永代寺《えいたいじ》の門前《もんぜん》町にあるそば屋で、〝あんな女〟というのは、そこで働く小女のおよしのことである。

去年の冬くらいまでは、そばもおよしも気にいって、せっせと通っていた又平であったが、心を摑《つか》んだと思ったおよしは、ちょっと金廻《まわ》りのいい小間物屋に気持ちが傾きだしたとかで、

「あんなのは、ただの行きずりの女ですよ……」

などと、深い仲になったわけでもないのに強がっていたのだ。

「〝ひょうたん〟なんぞに通っちゃあおりませんよ。本当なんですから……」

又平が言うには、昨日たまたま永代《えいたい》橋の上でおよしと行き合って、その折に、

「又平さん、前によく一緒に来て下さった秋月先生は、確かお武家さまとの間に何かことが起きた時、それをうまく取り次いで下さるとか……」

　いきなりそう言って話しかけてきたそうだ。

　ふっくらとした顔立ちで、少し眼尻がたれ下がったところが、何とも愛嬌《あいきょう》のあるおよしであるが、その時はどうも切迫した様子で、物憂げに見えたという。

　久し振りに会ったというのに、いきなり自分ではなく栄三郎のことを問われて又平は内心おもしろくなかったが、取次の仕事に関わることである。

「まあこっちも商売でやすからね。とりあえず、話を聞いてやろうかなと……」

　ついては〝ひょうたん〟の主《あるじ》・吾平《ごへい》の相談にのってやってくれないか、詳細は明日の昼過ぎに店で、そばと小鉢で一杯やりながら聞いてもらいたいとのことであった。

「ただそれだけのことでさあ……」

　何でもないように言い捨てたが、その表情を窺《うかが》うように、時折、目が糸のようになる。

「又平さん、近頃はとんと来てくれないのね」

　くらいのことは、別れ際《ぎわ》におよしから言われたようではある。

「まあ、仕事となりゃあ、およしちゃんのことを無下《むげ》にもできねえやな」

「へい、そういうことで」

「だが、〝ひょうたん〟に行かなきゃならねえのは辛《つら》いな」

「ですが、あっちも一杯やる用意をしてくれるってえますから」

「おしげはまだいるのか……」

「ああ、それを気にしてるんですかい」

「そうだよ。いるのか？」

「わかりやせん……」

「どうして聞いておかなかったんだよ」

「わざわざ聞くことでもねえでしょう」

「おれにとっては大事なことなんだよ！」

おしげというのは〝ひょうたん〟の女中で、気立てのいい三十前の女なのであるが、その顔というのが、

「子供が、盥《たらい》の底に墨《すみ》でお多福《たふく》の顔を描いた……」

ような面相で、ある日、又平との馬鹿話の中でふっとこの言葉が口をついて出て、それが自分自身に大うけして、以来、栄三郎はおしげの顔を見ると笑ってし

まうのだ。

しかし、女の顔を見て笑うような男は許しがたい。そう思うだけに、栄三郎はとにかくおしげには会いたくないのだ。

「そんなもの店にいたって、ほんのわずかな間、すれ違うだけのことでしょう。さっと通り過ぎりゃあいいんですよ」

「あら先生、いらっしゃいまし……なんて声をかけられたらどうするんだよ」

「相手にしなけりゃいいでしょう」

「それじゃあおれが、ぶった男と思われるじゃねえか」

「その時は、目を瞑《つむ》って、ようッ、なんて言えばどうです」

「そんな間抜けなことができるか……」

愚にも付かぬ話とはこういうものなのであろう。

何かと話すうちに、いつの間にか二人は永代寺の門前に着いていた。

栄三郎と又平の道行はいつもこうなのである。

辻《つじ》を左へ折れると、〝ひょうたん〟の看板障子《しょうじ》、軒《のき》にぶら下がっている瓢簞《ひょうたん》が見えた。

紺色の半暖簾《はんのれん》を潜《くぐ》ると、昼時の混雑も一段落ついたのか、入れ込みの客はまばらで、待ち構えていたように、主の吾平がおよしを従えて、栄三郎と又平を出迎えた。

二人はすぐに奥の小部屋に通された。六畳ばかりの座敷は五坪ほどの庭に面していて、そこから心地よい風が通り抜けていた。幸いにもこの間、栄三郎の視界におよしは登場しなかった。

栄三郎と又平は、ふっと含み笑いをして座についた。

すぐにおよしが酒肴《しゅこう》を整えて二人をもてなしたが、

「酔っ払う前に聞いておこう。主殿、某《それがし》に相談とはどういう話なのだ」

栄三郎は武家言葉で話を切り出した。

この店には、以前に何度も又平に付き合わされた栄三郎である。

吾平とも顔見知りであるゆえ遠慮はいらなかったが、吾平の暗い表情を見てとった栄三郎は、武家相手のことで悩んでいるなら、ここは自分も武士らしく話を聞いてやった方が落ち着くのではないかと思ったのである。

その想いは功を奏したようで、緊張にそわそわとしていたのが、いつもの穏《おだ》やかな中年男の挙措《きょそ》動作に戻って、吾平は真《ま》っ直《す》ぐに栄三郎を見た。

「実は、お話ししたところで、どうしようもないことかもしれないのでございますが、私はどうも悔しくてならないのでございます……」

吾平には子供がなく、亡兄の娘・およしを店の手伝いに来させて、実の娘のようにかわいがっているのだが、もう一人――妹の子で、およしには従姉妹《いとこ》にあたる、おしんという娘がいた。

おしんは、八百屋《やおや》を営《いとな》む両親を手伝いながらお針の見習い中の十七歳。およしと同じく愛嬌のある娘で、吾平も何かというと店に呼んで、およし同様かわいがってきた。

「そのおしんが、俄《にわか》に大川橋《おおかわ》から身を投げたのでございます……」

吾平は絞《しぼ》り出すような声で言った。

「身投げをした？　そいつはひでえや。ちょっと来なかった間に、そんなことがあったんですかい……」

姉妹のようにして育ったおしんの死は、およしにとっても大変な衝撃であっただろうと、又平は嘆息した。

又平は一度だけ、〝ひょうたん〟に遊びに来ていたおしんを見かけたことがある。

可憐《かれん》で愛らしく、これからおよしと二人、幾重《いくえ》にも花を咲かせたことであろうに……。

「そのような話ならば、なおさら酒など飲んでおられぬな。花も実もある娘が身を投げたのだ、何か深い理由《わけ》があったと思われるが……」

栄三郎の話を聞く姿勢が、さらに改まった。

「おしんちゃんは、男に騙《だま》され、弄《もてあそ》ばれたのに違いないのです。きっとそれを苦にして、思いつめて……」

いつもと変わらぬ気丈な態度を見せていたおよしであったが、おしんの話をしだすと、つい取り乱して順序よく話すことができなかった。それでも聞き上手な栄三郎に、何とかおよしが語ったところによると――。

少し前から、おしんはおよしに、誰にも内緒にしてくれるよう念を押しながら、思い合っている男がいることを、恥ずかしそうに打ち明けた。

その男は役者であった。

海を見るのが好きなおしんは、洲崎弁天社《すさきべんてんしゃ》に参り、ここから海の景色をよく楽しんでいた。

ある日、背中に蜘蛛《くも》がひっついていると声をかけられ、それを取り除いてくれたのが縁で役者とは知り合った。

今はまだ無名ではあるが、その役者は立派な旗本の庇護《ひご》を受けていて、今までいた座組を離れ、これから世に出る機会を窺っていたそうな。

おしんの話では、実際、町の破落戸《ごろつき》達に絡《から》まれたところ、その旗本が現れてたちどころに追い払ってくれたらしい。

「どうもいかがわしいな。その役者も旗本も」

栄三郎の言葉におよしは頷《うなず》いて、

「わたしもそう思いました。でも、おしんちゃんは、その役者にすっかり心を奪われてしまったようで……」

「若い娘が思いつめると、何も見えなくなるものだ。特に相手が役者となれば夢心地にもなろう」

おしんは近頃、思いつめていたという。恋仲の役者がいよいよ新しく舞台に出られる運びとなったのだが、座元をしくじって、それが流れてしまうかもしれないというのだ。

そして、今日はこれから役者に会いに行ってくると言って出かけた後、行方《ゆくえ》知れずとなり、大川《おおかわ》の岸辺にその骸《むくろ》が浮かんだのだ。

「やっぱり怪しい。おしんちゃんはその役者に何かされたに違《ちげ》えねえや」

又平が興奮して思わず身を乗り出した。

栄三郎は少し窘《たしな》めるように目で制して、

「娘御が身を投げたところは、誰か見ていたのかな」

「はい、お役所のお調べでは、物売りの人が何人か見ていたと」

およしはか細い声で答えた。

「左様《さよう》か。思うに、何か胸を抉《えぐ》られるような目に遭《あ》って、それを苦に気がつけば身を投げていた……。そんなところであろうが、何があったのかは、身を投げた本人しかわからぬでは、どうしようもあるまいな」

「はい、それは重々承知致しております……」

吾平が無念そうに頷いた。

色恋沙汰《ざた》で若い娘が身を投げることなど、いくつも例がある。

要人の娘ならば、密《ひそ》かに原因を探り、町方も動こうとするかもしれないが、小さな八百屋の娘のことである。ただでさえ御用繁多な町の役人達が動くとも思えない。

役者にしてみても、町の女達の心を掴むのが生業《なりわい》であり、いちいち身を投げられたからと調べられても堪《たま》らぬであろうし、しかもその役者には直参《じきさん》旗本が付いているのだ。

「今さら何を騒ぎ立てたとて詮《せん》なきことはわかっております。わかってはおりますが、おしんが誰にも話すことができずに身を投げた真実を知り、せめてその無念だけでも共に味わってやりたい……。私も、妹夫婦も、およしも同じ想いなのでございます。秋月先生、ほんのいくたびかお目にかかっただけとはいえ、あなた様なら親身になって、こんな話をお聞き下さると存じまして、ここまでご足労願いました……。どうか、これでまず、お調べ願えませぬでしょうか。足りない分はまた改めてお渡し致しましょうほどに……」

涙を浮かべて、吾平は五両の金子《きんす》を栄三郎の前に差し出した。

およしの縋《すが》るような目、又平の快諾《かいだく》を促《うなが》す目を見るまでもなく栄三郎は、

「委細承知した。哀《かな》しいことがあった時に、よくぞこの栄三の顔を思い浮かべてくれたな」

と、二つ返事で引き受けた。そして、たちまちぱッと期待に輝く一同の顔を見廻すと、

「で、その役者、何という名か、およしちゃんは聞いているのか」

「はい。忘れもしません。河村文弥《かわむらふみや》という名でございます」

「河村文弥……」

いきなり冷水を浴びせられた心地がして、栄三郎はその名をしばし胸の内で噛《か》みしめた――。

二

「あの馬鹿は、何をしやがったんだ……」

大川端《ばた》の道を北へ北へと栄三郎は行く。

その間に何度この言葉を呟《つぶや》いたことかしれぬ。

河村文弥という名を聞かされて、叫びそうになったのは又平も同じであろう。

心の動揺を抑えつつ、それから栄三郎は、

「まず、あれこれあたってみよう……」

と、そそくさと席を立ち、又平と共に〝ひょうたん〟を後にした。

河村文弥――聞き覚えがあるどころではない。浅草奥山《あさくさおくやま》の宮地《みやち》芝居〝大松《だいまつ》〟に身を置くこの役者は、本名を岩石大二郎《いわいしだいじろう》といって、その豪傑の如《ごと》き名に似合わぬ小柄で痩身《そうしん》の優男《やさおとこ》で、あろうことか、かつては気楽流・岸裏伝兵衛の門人であった。

つまり、秋月栄三郎、松田新兵衛の弟弟子なのだ。

厳格な十津川郷士《とつがわごうし》の出で、父・岩石勘兵衛《かんべえ》に内緒で士分を捨てて役者に転身した時は、随分《ずいぶん》と骨を折ってやった栄三郎であった。

まったく人騒がせな男なのであるが、出自《しゅつじ》が大坂《おおざか》の野鍛冶《のかじ》の倅《せがれ》で、芝居に見る侍に憧《あこが》れて剣の道に身を置いた栄三郎は、この弟弟子の気持ちがよくわかる。

それゆえに、どこか憎めない大二郎のことを、河村文弥という役者になった後も、何くれとなく面倒を見てやっていたのだが、芝居の精進《しょうじん》もそこそこに、無垢《むく》な娘の心を弄んだのなら許しがたい……。

とにかく又平を帰して、栄三郎はそれを糺《ただ》しに単身、河村文弥に会いに向かっているのである。

「新兵衛にはくれぐれもこのことは……」

別れ際に、又平には念を押した。

新兵衛は、剣を捨て役者に転身した弟弟子をいまだに許していない。そもそも武士たるものが芝居小屋に出入りすることさえ忌《い》まわしいと思っている新兵衛である。

「よりにもよって、こんな時に限って新兵衛が家にいるとはな……」

溜息《ためいき》が出た頃には、ちょうど番場《ばんば》町の辺りに来ていた。

かつて、栄三郎も新兵衛も、大二郎も、この地に開かれていた岸裏道場で厳しい稽古に汗を流した。

今はその道場も佐分利《さぶり》流槍術《そうじゅつ》の稽古場と変わっているが、厳しい稽古を終えて肩を叩《たた》き合った若き日の思い出は、栄三郎の心の内で同じ輝きを放ち続けている。

その輝きを少しでも陰らせたならば許さない――。栄三郎は足を速めた。

夏の盛りの昼間のことである。

どこぞで船を仕立てて川風にあたりつつ、大川橋の袂《たもと》まで出ればよかったのだが、河村文弥の名を聞けば気が急《せ》いた。

勝手知ったる土地のことだ。栄三郎は躊躇《ちゅうちょ》なく歩き出していた。

岩石大二郎こと河村文弥は、相変わらず大川橋南東にある長建《ちょうけん》寺に寄宿している。

剣客《けんかく》修行の頃ならいざ知らず、役者となった今も寺に寄宿しているのは何とも風変わりではあるが、かつて寺男が住んでいた小屋にいて、時には小廻りの用など務める大二郎は、和尚《おしょう》をはじめ寺の者達から愛されているらしい。

奥山の〝大松〟へ行ってみようとも思ったが、およしの話では、河村文弥は元いた座組を離れ、世に出る機会を窺っていると、おしんに話したと言う。

これは、〝三座〟からお呼びがかかったほどの人気役者で、大二郎が押しかけるように入門した河村直弥《なおや》の弟子を辞《や》めてしまったということか、何かの理由で〝大松〟の他で役者を続けることになったのか、それとも、おしんの手前、恰好《かっこう》をつけて言ったことなのかよくわからない。

まず本人に問い質《ただ》すにかぎる――。

ちょうど文弥がいればよし、いなければ帰ってくるまで待つつもりの栄三郎であった。

河村文弥が暮らす小屋は、寺の裏手の木立《こだち》を抜けた所にある。

周囲には雑草もなくきれいに整えられた感がある。

役者修行をしつつ、こういうところもまめにこなす、岩石大二郎の気性《きしょう》は健在のように思われた。

そのまめさを発揮して、うら若き娘の心を摑んだのであろうか――。

小屋の前で立ち止まると、真夏の昼下がりを早足で歩いてきた証《あかし》が、汗となって栄三郎の体から噴《ふ》き出した。

小屋を覗《のぞ》くと、はたして目当ての河村文弥は一間の内にいた。

浴衣《ゆかた》に三尺《さんじやく》（帯）を締《し》め、寝転がっているその表情は虚《うつ》ろであった。

思えば大二郎とは、ほんの二月《ふたつき》ほど前に会ったばかりだ。

南町奉行・根岸《ねぎし》肥前守《ひぜんのかみ》の密命を受け、盗賊・うず潮《しお》一味への潜入を試みたおに、栄三郎、新兵衛、師の岸裏伝兵衛の三人が付き添った時――その変装の化粧着付けなどを、役者・河村文弥の技量をもって手伝ってくれた。

今日のおよしの話を聞くに、おしんが河村文弥と知り合ったのはちょうどその頃であったと思われる。

そう考えると、大二郎はおしんと知り合い、恋に落ちて、そこから人が変わってしまったのであろうか。

今は元いた座組を離れ、世の中に出る機会を窺っているのだが、ある旗本の庇護を受けているとも言ったそうだ。

およしから聞いた話をさらに思い出すと、その旗本は松村門之助《まつむらもんのすけ》といって、なかなか腕が立つらしい。

栄三郎には松村の名に覚えはないが、大二郎とて、大和《やまと》の十津川郷士の息《そく》として剣術修行に出てきた身だ。どこかの剣術道場との縁で知り合ったのかもしれない。

――やはり大二郎は変わってしまった。

今時分に芝居小屋にいなくて、ここで虚ろな顔をして寝転がっているということが何よりの証ではないか。

おしんは、身を投げる少し前から、文弥が座元をしくじって、新しく舞台に出る運びが流れてしまうかもしれないと思いつめていたというが、今の大二郎の姿を見れば頷ける。

何かと間の抜けたところはあるが、芸道に取り組む姿勢は、師である河村直弥からも認められていた河村文弥ではなかったか……。

「大二郎！」

やはり、文弥ではなく、岸裏道場の頃の名が口をついた。

突然、本名を呼ばれ、大二郎は驚いて小屋の出入口を見た。

「秋月さん……」

とび起きはしたものの、やはり大二郎の顔にいつもの精彩はなかった。

しかし、いつもは優しい兄弟子が汗みずくとなり恐ろしい形相で睨《にら》みつけるのを見て、大二郎はうろたえた。

「大二郎、お前はいつからこんな時分にごろごろしていられるご身分になったんだ……」

栄三郎は上がり框《かまち》にどっかと腰を下ろして凄《すご》んでみせた。

「さあ、おれが料簡《りょうけん》できるように話してみろい」

「面目《めんぼく》ございませぬ……」

大二郎は威儀を正した。

「秋月さん、〝大松〟に行かれたのですか……」

「〝大松〟には行っておらぬ。まずお前から話を聞こうと思ってな」

「え……？　もうそんな噂《うわさ》になっておりますか」

「おれをなめるんじゃねえぞ」

「はい……」

「お前、座組を離れたってのはどういうことだ」

「これには色々ありまして……」

「座元をしくじったってのは本当のことか！」

「はい……。これは、わたしがいけなかったのです……」

「何もかも正直に話せば、おれが何とか片をつけてやる。それとも、松村って侍に泣きつくか」

「秋月さん……松村さんをご存じなので……」

「松村門之助……腕が立つそうじゃないか」

「はい、念《ねん》流の遣《つか》い手《て》とか……」

「はっきり言え。お前、まだ十七の娘に何をしたんだ！」

「待って下さい。何をしたって、ひどい目に遭わされたのはわたしの方なんですから」

「わやくを吐《ぬ》かすな！」

栄三郎は、思わず上方訛《かみがたなま》りで大二郎を締め上げた。

「だって、夏のあさりは危ないというからよしにすると言うのを、大丈夫だから食えと言ったのは、あの娘なんですから……」

栄三郎は、はっと手を放して、

「何だそりゃあ……」

「ですから、三日前に、わたしは浅草の広小路《ひろこうじ》の一膳飯屋へ行ったんですよ」

「うむ、それで……」

「そこは行きつけの店で、おさんというお運びの子が勧めるものだから、つい、あさりのぶっかけを三膳も食べてしまって、それで腹をこわしてしまったんですよ……」

「まさか、それで今日は芝居を……」

「はい、休んでしまいまして。役者は日頃の心がけが大事なんだと、座元をしくじってしまいまして、今の座組からも外されて……。もう情けないやら面目ないやらで……」

「ちょっと待て、では、娘というのは、その一膳飯屋の……」

「はい、おさんちゃん、歳は十七です」

「おしんじゃないのか」

「誰ですかそれは……」

「え……?」

「え……?」

「松村門之助っていう旗本は……」

「松村門之助? 万之助《まんのすけ》じゃないのですか? 宮地芝居を仕切る寺社方のお役人の」

「門之助じゃなくて、万之助……？　ややこしい奴《やつ》がいるんだな！」

「秋月さんは、何の話をしているのですか？」

「いや、それはだな……」

どうも話が嚙み合わず、さりとて大二郎が嘘《うそ》をついているとも思えず、栄三郎はかわいい弟弟子のことだけに、つい感情的になってしまった自分を戒《いまし》め、落ち着いて、今日、およしから聞いた一部始終を伝えた。

「わたしには、まったく身に覚えのないことです！」

話を聞くや、大二郎はいきりたった。

「秋月さんは、わたしがうら若い娘を騙して身投げに追い込んだと思ったのですか！」

「いや、まさかとは思ったんだ、まさかとはな。だから、とにかくお前に会おうと……そしたら、お前はこんな時分にごろごろしているし……」

「体が元に戻るまで休めと言われたからです」

「何だか、拗《す》ねたような顔をしているし……」

「今朝までずっと腹を下してたんですよ！」

「それじゃあ、おしんが惚《ほ》れた河村文弥ってのは何者なんだよ！」

「知りませんよ！」

考えてみれば栄三郎が怒ることはないのだ。

気持ちが収まらぬ大二郎は、食あたりも何のその、それから身の潔白を晴らそうと、栄三郎を河村直弥の許へ連れて行った。

といっても、まだ鉛《なまり》色をした顔の大二郎を気遣い、栄三郎が彼を駕籠《かご》に乗せて連れて行ったと言うべきだが――。

浅草《せんそう》寺裏手の奥山に着いた頃、ちょうど〝大松〟の芝居は直弥の出が終わったところで、食あたりで休ませたはずの文弥が必死の形相《ぎょうそう》で、大二郎時代の兄弟子・秋月栄三郎に伴われて現れたのを見て直弥は驚いた。

「これは秋月先生、どうなさいました。文弥が何かしでかしましたか……」

以前、直弥の人気に客を奪われた〝兼松《かねまつ》〟という小屋から〝大松〟が嫌がらせを受けた時、〝兼松〟が雇った破落戸どもを、大二郎の父・勘兵衛と共に栄三郎は叩き伏せてやった。

それ以来、直弥をはじめ、座頭《ざがしら》・河村直三郎《なおさぶろう》とも懇意《こんい》にしている栄三郎のこと
――それからの話は早かった。

「お師匠様……どうかわたしの無実をお話し下さりませ……」

　そう言った途端、ばったりと倒れた河村文弥は楽屋の一間に運びこまれ、その後、栄三郎から事情を聞いた直弥は、

「そのことでしたら、まず、岩石大二郎こと河村文弥は何も関わってはおりません」

　と、きっぱり否定した。

「では、何者かがあいつの名を騙《かた》って……」

「いえ、そうではないと思います」

「どういうことです……」

「先代の河村文弥ではないかと……」

「先代？　河村文弥って名はそんな由緒正しい名跡《みようせき》なんですか」

「実は、今の文弥で三代目なのです」

　直弥の話によると、初代というのが随分昔に敵役《かたきやく》で知られたなかなかの役者であったそうで、この名を後世に遺《のこ》していこうという話になって、座頭の直三郎が弟子の一人に付けたのである。

　この弟子というのは平助《へいすけ》という男で、姿も口跡《こうせき》もよく、人あたりのよさも申し分がない優男であった。

「それでまあ、座頭も〝色悪《いろあく》〟にはもってこいではないかと、昔、敵役で鳴らした河村文弥の名を与えたのですが……」

これが見てくれとは大違いの極道者で、客の女にそっと近寄り、金銭を引き出したりし始めた。

芝居の筋はよかったのだが、それを発揮する方向を違《たが》えたのだ。ままあることだ。本筋に対して発揮されなければならない才能や時間を、努力を惜しんで違う方向へばかり費《つい》やして身を飾る——そんな若者はくさるほど世の中にはいる。

平助がその典型といえよう。

何百何千の観客の心を摑まねばならない役者が、その容姿のよさを誇って、ごく身近に客と接するようになった途端、それは役者ではなく質《たち》の悪い男芸者と変ずる。

「まあ、それであれこれとよからぬことをしでかしまして、ついには破門にしたというわけで。今、先生のお話を伺いますと、その、おしんさんの身投げには、平助が深く関わっているかもしれません」

「どうやらそのようですね……」

平助は以前、武家奉公をしていたというから、松村門之助なる旗本は、その時の知り合いかもしれないと、直弥はさらに推測した。

「何となく話は読めた。どうかこの話はこの場限りのことにして下されい」

「はい。そうさせて頂きます」

「一度は弟子にした男のこと。座頭が心を痛めてもいかぬ」

「はい、内緒にしておきます。お心遣い、痛み入ります」

直弥は、どこまでも人の心に敏《びん》なる栄三郎に感じ入り、にこやかに頭を下げた。

「いやいや、今は太夫《たゆう》の弟子である河村文弥を疑ったりして申し訳なかった。考えてみれば、食い物に当たる、座元をしくじる、あらぬ罪を問われる……あ奴も散々な目に遭ったものだ」

「いえ、それだけ皆に見守られ、かわいがられているからこそ……三代目には、河村文弥をよい名に戻してもらいたいものです」

直弥と笑い合うと、すっと汗がひいた。

ややしゃくれた顎《あご》が、すっと通った鼻筋と調和して、錦絵《にしきえ》から出てきたような趣《おもむき》を醸《かも》し出す……。涼しげな顔とはこのことかと、栄三郎はしばし直弥に見とれてしまうのであった。

三

翌日の昼下がり――。

手習いを終えた秋月栄三郎の姿は、行きつけの居酒屋〝そめじ〟にあった。

今は屋号を白で染め抜いた紺暖簾は下ろされている。

朝、昼、晩……女将のお染の気儘《きまま》で開けるこの店は、いつ開いていることかわからない。

だが、開いていようが開いていまいが、栄三郎だけはお構いなしに座席の小上がりにやって来る。

今日は、朝、昼と店を開け、客の途絶えたところで、夜に店を開けるのが面倒になり、一旦店を閉めたところを見計らったようにやってきたというわけだ。

そして、こういう時は大概《たいがい》において、栄三郎は頼み事を持ち込んでくる。

「仕方がないねえ……」

などとしかめっ面《つら》を見せつつも、栄三郎のために一肌脱ぐことが、男勝《まさ》りのお染には、いつしか楽しみになっていた。

案に違わず、その楽しみを持ち込んできた栄三郎の話を聞いて、お染は腹を抱えて笑っている。

「ふふふ……。あの〝牛の足〟が三代目だったとはねえ……」

「おい、そう笑ってやるな。河村文弥も近頃は、ちょっとした役についているんだぞ」

栄三郎が、笑い転げるお染を窘めた。あれからの文弥の怒りは相当なものであったのだ。

「役ったって、たかが知れているんだろ。その、平助って二代目は、まるで評判が聞こえてこないから、文弥に三代目がいるなんてことを知らなかったんだろうよ」

「まあ、それはお前の言う通りだ。わかっていりゃあ、いくら何でも同じ名を名乗らなかっただろうな」

「で、そのついていない三代目のうっぷんを晴らしてやるのに、わっちは何をすればいいいんだい」

「さすがはお染だ、話が早《はえ》えや。ただ働きはさせねえ。元は辰巳《たつみ》の売れっ子芸者・染次姐《そめじねえ》さんの顔をきかせちゃあくれねえか……」

栄三郎はにこりと笑った。

この男の愛敬《あいきょう》に触れると、どうもいけない。

お染はやはり、胸を叩いて今宵《こよい》は店を閉めることにしたのであった。


それから丸一日がたった、さらに翌日の昼下がり——。

手習いが終わった道場に、今度はお染が訪ねて来た。

秘密のことである。

栄三郎は、お染を六畳の居間に通して、窓も戸も閉めきった。

真夏の昼間というのに六畳間には、二人の他に、又平と、腹痛を何とか堪《こら》えてやってきた三代目・河村文弥こと岩石大二郎がいて、暑いことこの上ない。

四人はせわしなくそれぞれ扇子《せんす》で風を送っている。

「おや、三代目、お腹の具合はもうよろしいんで……?」

お染は大二郎を見てニヤリと笑った。

「お蔭《かげ》さまでね。あんまり腹が立つので、そっちの方の痛みはどこかへとんでいったようだ……」

大二郎に笑顔はない。

役者になったとはいえ、元は剣術道場で稽古に明け暮れた男である。色白の細《ほそ》面《おもて》の優しげな顔が、怒るとぎゅっと引き締まる。

「おお、怖い……」

お染は少し首をすくめて、

「そんなついてないお前さんのために、あれこれとおもしろい話を仕入れてきたよ」

今度はしっかりと頷いてみせた。

「女将、恩に着ますよ……」

大二郎も、今度は役者らしく和《なご》やかな表情でお染を見た。

栄三郎から話を聞いて、居ても立ってもいられない大二郎は、直弥の許しを得て、事の次第が見えるまで、手習い道場に泊まり込むつもりでやってきたのである。今はお染の報《しら》せが待ち遠しい。

「女将、恩に着ますよ……又公にはない言葉だね」

「うるせえ、暑いってえのにいちいちおれに嚙みつくんじゃねえや」

「お染、早いとこ聞かせておくれ……」

又平に舌を出すお染に、栄三郎が催促した。

「こいつはもったいつけちまったね。役者くずれの平助ってのは、今年の初めくらいから深川をうろうろするようになったそうだよ」

「松村門之助という旗本とつるんで、よからぬことをしているのか」

栄三郎がお染に扇子で風を送ってやりつつ訊《たず》ねた。

「ああ、栄三さんが見た通りさ。平助は若い頃、松村の家で中間《ちゆうげん》奉公をしていたんだけど、放蕩《ほうとう》息子の門之助とつるんで、あれこれ悪事に手を染めて、家を追い出されたそうだ」

「それで役者になったわけか……」

大二郎が忌々《いまいま》しそうに呟いた。話によると、平助はなかなか役者としての筋はよかったというからよけいに気にいらない。

だが、すぐに化けの皮がはがれて破門になったというのは、河村直弥から聞いた通りである。

それからどこかへ姿をくらましていたかと思ったところ、再び深川に出没するようになったのは、またしても松村門之助とつるみ始めたからである。

松村家は二百石《こく》取りの旗本で、深川の小名木《おなぎ》川と竪《たて》川の間に立ち並ぶ旗本屋敷の中にその住居があった。

放蕩息子の門之助も、父親が亡くなり、先頃この家の当主となった。晴れて直参《じきさん》旗本となったとはいえ、二百石くらいの禄《ろく》で、しかも無役とくれば、さしてありがたいほどのものではない。

幸いにしてというべきか、悪いことにというべきか、門之助は武芸の筋はよかった。

その粗暴さゆえに、方々の剣術道場で入門を丁重に断られはしたが、直参の威光を笠《かさ》に乱暴を働くのには、充分すぎるくらいの腕を得た。

そこで、気心の知れたかつての手下・平助を深川に呼び戻し、小遣い稼《かせ》ぎによからぬことを始めたようなのだ。

「さすがは碇《いかり》の半次《はんじ》だな。深川で起こっていることは何でも知ってるってわけか……」

栄三郎は感心した。

お染がこの情報を仕入れたのは、深川一帯を取り仕切る香具師《やし》の元締・碇の半次からである。

半次は〝うしお一家〟の身内で、男気があり、人情に厚い好男子である。

一家の元締・吉兵衛《きちべえ》が、乾分《こぶん》の権三《ごんぞう》に毒殺されるという事件に際し、真偽を糺さんとして、半次もまた命を狙われたことがあったが、南町奉行・根岸肥前守によって権三一味はことごとく捕らえられた。

その後は、半次が吉兵衛の跡を継ぎ、三十過ぎの若さでうしお一家を仕切ることになったのだ。

この一件には、栄三郎と又平が深く関わっていた。

肥前守が半次を一切《いっさい》お咎《とが》めなしにしたのは、半次のような男にうしお一家を仕切らせておけば、世のあぶれ者達が凶悪な犯罪にはしることを防げるだろうと思ったからだ。

貧困、差別、劣悪な家庭環境……これらがなくならぬ限りは、世の中からはみ出してしまう者はなくならない。

うしお一家を押さえこめば、かえって町の治安を悪化させることを、若き日に町場で無頼《ぶらい》の日々を送った根岸肥前守は知っているのだ。

碇の半次はそれほどの男である。

半次なら、近頃深川でよたっている連中を把握しているであろう。栄三郎はそう思ってお染に聞き出してくれるよう頼んだのである。

辰巳では名の知れ渡った芸者であったお染は、半次とも顔馴染《なじ》みであった。

栄三郎の頼みをあっさりと引き受けたお染は、久し振りに半次が根城にしている佐賀《さが》町の船宿を訪ねた。

「何でえ、染次姐さんじゃねえか。訪ねてきてくれたとは嬉《うれ》しいねえ」

お染を見るや、半次は苦み走った顔を綻《ほころ》ばせた。

「今じゃあ、親分、元締と呼ばれるお人を不躾《ぶしつけ》にも訪ねて参りましたよ」

歯切れのいいお染の挨拶《あいさつ》に、

「姐さんには何度か、おれが親分をしくじった時にとりなしてもらった。不躾などと気にしねえでくんな」

半次はくだけた口調で応《こた》えたものだ。

お染の話を聞くや、半次はすぐに乾分達をその場に呼び集め、松村門之助の噂をあれこれ聞かせてくれた。

さすがに深川一帯の裏事情に、乾分達は詳しかった。

「松村って旗本は、役者崩れの平助を使って、女から絞り取っているようですぜ」

「洲崎の弁天辺りで、平助はあらかじめ隠し持った蜘蛛を娘の背中につけて、これを取ってやるんですよ」

「それをきっかけに後は手練手管《てれんてくだ》……破落戸達に一緒にいるところを絡んでこさせて、それを松村が助ける……何て手のこんだこともするそうですぜ」

「吸いあげるだけ吸いあげたら女は用なしで、捨てられる。平助にそのことを問い詰めたら、そこに松村が出て来るってわけで……」

それらの話はいちいち、栄三郎と又平が〝ひょうたん〟で聞かされたおしんの話と一致する。

おしんもまた、松村と平助の毒牙《どくが》にかかった一人であることは間違いない。

「まあ、下らない男に騙される娘も馬鹿だけど、身を投げるってことはよほどのことがあったんだ。聞けば二代目河村文弥は、今もいけしゃあしゃあと新たな娘を捜《さが》して深川界隈《かいわい》を歩いているそうだ。栄三さん、きっちり片をつけておやりよ」

話すお染の顔にも、聞いている栄三郎、又平、大二郎の顔にも、怒りの色が顕《あらわ》になった。

「よくわかった。お染、ありがとうよ。それにしても、碇の半次に直《じか》に会って話を聞けるとは、お前は大したもんだな」

栄三郎はつくづくと感じ入ってお染を見た。

「半次さんの懐《ふところ》が深いのさ」

「お前、何と言って聞き出したんだい」

「知り合いの娘がおかしな役者に引っかかった、とね」

「それで半次は、他でもねえ染次姐さんのことだ、あっしが一肌脱ぎましょうと言ったかい」

「馬鹿言っちゃあいけないよ」

「馬鹿なものかい。半次はお前を憎からず思っているんじゃねえのかい」

「ふん……」

お染はそれを鼻で笑った。

照れ隠しの決まりの仕草である。

それが何とも艶《あで》やかで、少年のような愛らしさも見え隠れして、旦那衆《だんな》はこれを見たさに染次を贔屓《ひいき》にしたという。

「おれが一肌脱ぐまでもなく、こいつは栄三という、取次屋の先生が片をつけなさるんだろう……半次さんにはそう言って冷やかされたよ」

お染はしかめっ面《つら》をしてみせた。しかし、お染が又平、大二郎の手前、ことさらに迷惑そうに振舞っているのは、大二郎はともかく、又平にはよくわかる。

又平は自分が心底惚れている栄三の旦那にまるで素直でない、お染のこういうところが気に入らない。お染もどこか又平に見透《みす》かされているようで、それが業《ごう》腹《はら》だ。

お染と又平のいがみ合いの奥底には、こういう互いの微妙な感情があるのだ。

「碇の半次にその名を知られるようになったとは、旦那も今じゃ大したもんだ」

心の内でお染に舌打ちしつつ、又平は無邪気に喜んだ。

「わたしも、しっかりと名をあげねばなりませんねえ……」

大二郎は神妙な面持《おもも》ちで言った。

「ふっ、ふっ、半次にとっちゃあ、蛇《じゃ》の道は蛇《へび》ってところなんだろう。取次屋で

名が売れても、役者で名が売れても、大二郎、おれたちはあまり誉《ほ》められたもん

じゃねえや。特に新兵衛はよい顔をせぬぞ……」

それには、なるほどと大二郎も相槌《あいづち》を打った。

今日はうまい具合に、松田新兵衛は旗本三千石・永井勘解由《ながいかげゆ》の屋敷へ出稽古に

行っていて、手習い道場にはいなかった。

仮住まいと言わず、ずっといればどうだと言ったものの、そうなればこういう

話をする時、何やら叱《しか》られそうで窮屈《きゅうくつ》ではある。

「よし、奴が戻って来るまでに、いい策を立てねえとな……」

四人は頷き合った。

「こういうのはどうだい。わっちが平助の立ち廻りそうな所を退屈そうにぶらぶらとするんだよ。そうすりゃあ、平助が声をかけてくる。それでわっちがなびいたと見せかけて、奴らの尻尾《しっぽ》を摑む……」

お染がさも名案であろうと、得意げに言った。

「へへへ……こいつはいいや……」

それを聞いて又平が吹き出した。

「又公、何がおかしいんだい」

「平助だって、相手を選ぶぜ」

「何だって！　又公もう一遍《いっぺん》言ってみな！」

「大きい声を立てるなよ」

栄三郎が宥《なだ》めた。

「お染、又平の言う通りだ。お前はいい女だが、奴が狙っているのは世間知らずの初《うぶ》な小娘だ。お前のにんじゃあねえよ」

「にんじゃあないと言われりゃあ、まあ、仕方がないけどね……」

「いい考えだとは思うが、そいつは危な過ぎるぜ。よし、ちょいと窓を開けて、一旦風を入れるとしよう」

一息ついて、ガラリと土間に続く障子戸《しょうじど》を開けたところに、ニヤリと笑う一人の娘がいた――。

「世間知らずの初な小娘ならここにいますよ」

声の主は、田辺屋の娘・お咲である。

栄三郎がしまったと嘆息した。

今日の剣術稽古は休みだと聞いていたが、何かあるのではないかと、そっと来てみれば、お染と大二郎が道場の中へと消えて行くではないか。

「やはり……」

お咲は剣の師・栄三郎の取次の仕事にも、近頃は興味があって仕方がない。

それで見事に気配を消して、そっと一間の様子を窺っていたのだ。

「お咲、お前はいつの間に……」

小娘一人にまんまと立ち聞きされるなど、真《まこと》にもって不覚である。

新兵衛がいれば何と言うだろうか。

栄三郎はうろたえてしまった。

お染、又平、大二郎はぽかんとしてお咲を見ていたが、この娘がまさに適役であることは確かだ。

「先生、わたしにも手伝わせて下さい。女の敵をこのまま見過ごしてはいられません」

正義感を前に出しつつも、お咲の目は好奇に充ちている。

「駄目だ。そんなことをさせられるはずはない。田辺屋殿に知られたら面目もない。駄目だぞ、お咲、おれはお前にそんなつもりで武芸を教えているのではない。まったく、盗み聞きをするとははしたない……駄目だぞ、そんな哀しそうな目をしても、駄目なものは駄目だ……」

四

長屋門の潜り戸を押すと、ギーッという鈍《にぶ》い音と共に、開いた扉の内側の柱に沿って徳利《とつくり》がするすると上がった。

門の内へと入って、戸から手を離すと、今度はその徳利が下がり、潜り戸はひとりでに閉まった。

「門番の一人いねえとはしけてやがる……」

平助は屈《かが》んだ姿勢から身を起こすと、溜息交じりに呟いた。

ここは旗本・松村門之助の屋敷である。

二百石取りの屋敷となると、三百坪から敷地があり、長屋門も片番所付である。

しかし、門番、若党すら雇えない旗本も近頃では珍しくなく、砂を詰めた徳利を縄で括《くく》り、潜り戸の柱に環《わ》をつけ、これに縄を通して吊《つ》り下げておくという〝徳利門番〟が増えている。

ここ松村家も同様で、当代になってからは、このやさぐれた殿とはやっていけないと、暇《ひま》を願い出た者、気に入らずに追い出した者などで、奉公人は老爺《ろうや》と下女の二人になっていた。

それでも、この屋敷には寝るだけに帰ってくる松村門之助である。奉公人を雇うなら、食いつめ浪人に小遣いを与えて、手下にする方が値打ちがあると思っているのだ。

徳利門番に見送られて、平助が裏手へと回って行くと、井戸端では松村が水を浴びていた。

昨夜は飲み過ぎたのであろう。平助を見る目が水を浴びてなお、曇《くも》っている。

「毎日暑いってえのに、このお屋敷は寒々としておりやすねえ」

「ふん、吐《ぬ》かしやがったな。そんなら平助、またこの屋敷で奉公するか」

「勘弁して下せえよ。今のご奉公の方が、随分割がいいってもんで」

「違《ちげ》えねえや。お前にはまだまだ稼いでもらわねえといけねえからな」

「まだまだといって、あっしももう三十に手が届きますよ。女に見向きもされなくなった時はお旦那、どうか見捨てねえで下せえよ」

「そん時ゃあまた、お前とおれで、新たなことを始めようじゃねえか」

「お旦那と出会ったのがこの身の因果だ」

「口の減らねえ野郎だなあ。まあいいや、それで、今度の獲物《えもの》はその後どうでえ」

「それが、あっけねえほど、うまくことが運んでおりやしてねえ」

「そうかい、そいつは何よりだ。確かおせんとか言ったな」

「へい。聖天《しょうでん》町の質屋の娘で、歳は十八。なかなかの器量よしで」

「この野郎、もういい目を見やがったな」

「いいえ、それがまあ、今時珍しいくれえ、身持ちの堅《かて》え娘でしてね」

「ほう、そんな娘、大丈夫かい」

「そういう娘ほど、こっちの話も素直に信じるってもんでさあ」

「なるほど、それも道理だ……」

「折り紙付きの生娘《きむすめ》ですぜ。こいつは高く売れますぜ」

「そいつはいいや。こっちもすぐに段取りを立てておこうよ」

「承知致しやした。だがお旦那、この前はちょいと後味が悪うござんしたねえ」

「身を投げた娘のことか。手前で勝手に橋から飛び降りたんだ。知ったことかよ。そのことで、お前のことを嗅《か》ぎ回っていたという御用聞き、もう何も言ってこねえだろ」

「へい、そう言えば……」

「このおれが、しっかりと脅《おど》しつけてやったからよ」

「そいつはおおきに、ありがとうござえやす」

松村と平助は互いにほくそ笑《え》むと、それから二言三言言葉を交わし、やがて平助は屋敷を出て、松村はもう一度水を浴びた。

さっきまで精彩を欠いていた表情には赤みが増し、水を拭《ぬぐ》うその肉体はぐっと引き締まった。

どうやら悪事の相談をしていると元気がみなぎる性質《たち》で、剣も相当遣うようだ。

お染が動いて、半次から聞き出した、旗本・松村門之助と役者崩れの平助は、噂に違わぬ悪党であった。

今ここで交わしていた会話からしても、乙女《おとめ》の純情を踏みにじる、人の風上にもおけぬ奴らだ。

どうやら平助が女から絞り取るというのは、金を貢《みつ》がせるだけではなく、娘そのものを売りとばすということのように思われる。

そして、今新たに、平助の毒牙にかかろうとしているおせんの命運はいかに相成るのであろうや。

無惨《むざん》なるかなおせんは、生娘であるがゆえに騙され、何者かに高く売られようとしているのだ。

松村への報告を済ませた平助は、屋敷を出ると、深川の三十三間堂《さんじゅうさんげんどう》へと向かっていた。

ここにおせんが来ることになっている。

十日ほど前であろうか。

さすがに、この前おしんを引っかけた洲崎の浜辺りをうろつくのも憚《はばか》られ、三十三間堂の境内《けいだい》を徘徊《はいかい》し、獲物を物色していたところ——うら若き娘が一人、所在なげに葭簀《よしず》掛けの茶屋の長床几《ながしょうぎ》に座っているのを見た。

それがおせんであった。

その表情は物哀しさが漂っていて、形のよい黒目がちな目が、何とも美しかった。

供は連れていないが、身形《みなり》を見るにそれなりの商家の娘のように思えた。

平助は色事師の勘で、娘は何か近頃、哀しくてやるせない出来事に遭い、一人になりたくてお参りに来ているのではないかと見た。

はたしていつものように、隠し持ったる大蜘蛛を、すれ違いざまおせんの背中に張りつかせるや、

「お嬢さん、少しの間、じっとしていてくれませんか、背中に何やら忌まわしい物が……」

と、立役《たちやく》に加えて女形《おんながた》をも勤める役者の、何ともゆったりとした優しい声で話しかけ、すぐに蜘蛛を手に取って、

「こんな物が……ふッ、ふッ、蜘蛛もきれいな貴女《あなた》を見て、思わず糸を垂《た》らした

のでしょう。これはまず、逃がしてやりましょう……」

蜘蛛を傍《そば》の木の幹に放して、にっこりと笑った。

色白で端整な顔立ちの平助が頬笑《ほほえ》むと、何ともほのぼのとした想いにさせられる。

ましてや、自分の背中に不気味な大蜘蛛が這《は》っていたのを取り除いてくれたとなるとなおさらである。

この時の取っ付きがよければ、そこからあれこれ世間話に持ち込むし、今ひとつであれば、後でもう一度偶然を装い出会ったふりをして、驚いてみせるのだ。

「この人とは縁がある……」

などと思わせるように――。

だが、おせんの場合は、こんなこともあるのだと、平助自身が驚くような展開となった。

平助の顔を見るや、おせんは蜘蛛のことなど目に入らず、

「新吉《しんきち》さん……」

と、思わず呟いたのである。

平助は内心ほくそ笑んだ。これはどう考えても、平助がおせんの知り人によく

似ているということである。しかも、娘の食い入るような目を見るに、新吉という男は、娘にとって何かわけありの間柄であると思われた。

こうなれば、この線を一気に攻めるのみ——。

すぐに、見知らぬ男を、他の男の名で呼びかけてしまった自分を恥じて、

「ああ……これはありがとうございました……」

申し訳なさそうに俯《うつむ》いたおせんに、

「新吉さんではなくて、申し訳ありませんでしたね……」

今度は爽《さわ》やかに笑った。

「わたしは生憎《あいにく》河村文弥と申しまして、まあ、その、役者のできそこないでございます……」

巧《たく》みに名前と役者であることを挟みつつ、娘との自然な会話に持ち込んだのである。

おせんから理由を聞くに、新吉というのは、父親の親友の息子で、子供の頃から兄妹のように育った若者のことだそうな。

それがつい一月《ひとつき》前に、突然病に倒れ、そのまま帰らぬ人になった。

親同士はいつか息子と娘を一緒にさせるつもりであったし、新吉とおせんも子

供の頃からそのようになるのだと、互いに思っていたというのに……。

「あ、これは、わたしとしたことが余計なことを……どうぞ、お気になさらないで下さいませ……」

新吉とはよくこの三十三間堂へお参りに来て、こうして床几に並んで腰を下ろし、話をしたので、新吉とそっくりな文弥といると、ついあれこれと話し込んでしまったのだと、その時おせんは寂《さび》しげな表情を浮かべたのである。

「哀しい想いをしたのですねえ。ほんとうにお気の毒な……わたしは今、新しい座組に入って、大きな舞台に出られるように、あるお方のお口添えを頂戴《ちょうだい》している最中でございます。そのお返事を頂くまでの間は、いささか暇を持て余しておりまして、よろしければ、毎日でもここへ来て、貴女のお話を聞いてさしあげましょう」

平助のいかにも真心のある優しい言葉に、おせんは心の支えを見つけたかのように、目には薄ら涙さえ浮かべて、何度も頷いたのであった。

そうして、平助の三十三間堂通いは今日も続いている。

許婚《いいなずけ》を俄に失い、心の整理がつかずに千々《ちぢ》に乱れている時に、新吉にそっくりな平助と思わぬ出会いを果たしたのだ。

おせんはそれに運命を覚えたようである。五日目にはすっかりと平助の優しさに浸《ひた》り込んでしまった。

新吉との思い出が詰まった三十三間堂には、ただ一人で参りたい……おせんのその想いが、平助の仕事をしやすくした。

世間知らずの小娘には、河村文弥から聞かされる芝居の世界は何とも新鮮で、口から出まかせに語る、平助と千両役者達との関わりにも心が躍《おど》った。

こうなると平助は、おせんの酔いが醒《さ》めぬうちにと、一気にことを進めた。

「おせんさん、こんなことを言って、お前に嫌われるのは本意じゃないが、わたしは新吉さんの替わりでいることに、どうにも耐えられなくなりました。わたしは初めてお前に会った時から、すっかり心を奪われてしまったんだ。お願いです。今度、舞台に立てる運びとなった暁《あかつき》には、わたしの女房になってもらいたいのだよ……」

相手が純真で身持ちの堅い娘だけに、平助は求婚に持ち込んだ。そして、真面目《まじめ》に役者を続けていれば、さぞやその名をあげたであろうにと思われる迫真の演技で、おせんの目をじっと見つめて思いのたけを打ちあけた。

劇的な興奮は乙女の心を熱くする——平助の狙い通り、おせんはその白い細い首を縦に振ったのである。

「と、なりゃあ、今日がその仕上げだ……」

ここまで、松村門之助の登場を請《こ》うまでもなくやってこられたとは上出来だと、心の内では破落戸の言葉を語り、三十三間堂の境内へ入るや、そこはかとなく儚《はかな》さが漂う役者の風情《ふぜい》を醸しつつ、平助は目指す茶屋に獲物の姿を求めた。

いつもの長床几に座って平助を待つおせんの姿はすぐに見つかった。

おせんは平助の姿を認めるや、満面の笑みを浮かべ、縋るような目を向けてきた。

――ヘッ、ちょろいもんよ。

ほくそ笑む平助であったが、この男も所詮《しょせん》、武家奉公も続かず、役者にもなれず、女をたらして暮らすだけの器《うつわ》しかない。

純真無垢《むく》、汚れのない笑みを向けてくるこのおせんという娘が、そんじょそこいらのか弱い娘とはわけが違うことにまるで気づいていない。

そうなのだ。

勝気にして好奇心旺盛《おうせい》、一旦こうと思ったことは何が何でもやり通さねば気がすまぬ、田辺屋の箱入り娘・お咲――。

剣の師・秋月栄三郎の反対も何のその、この娘もまた役者である。ついにおせんの役をその手にしたのであった。

五

「おう、大二郎……お前もすっかり元気になったようだな」

「当たり前ですよ。河村文弥の名を汚す、あの馬鹿者を叩きのめしてやらねばならぬのに、おとなしくしてはいられません！」

「なかなかいい気合だ。よし、久し振りにかかってこい」

「お願いします！　やあッ！」

岩石大二郎は、あれから手習い道場に寝泊まりして、子供達が手習いに来ている間は又平が使っている小部屋で体を休め、それが終わってからはひたすら道場で木太刀を手に体を鍛《きた》えた。

かつては、師の岸裏伝兵衛も手を焼くほど剣の筋は悪かった大二郎であったが、〝善兵衛長屋〟の連中に雑《ま》じると、さすがに剣術の体《てい》を成している。

今日は、手習いが休みで、朝から籠手《こて》、胴、垂《たれ》をつけて、兄弟子である秋月栄三郎に竹刀《しない》稽古をつけてもらっているのだ。

「えいッ！」

気合充分に打ち込む技も悪くない。

「いいぞ大二郎、お前、以前より強くなったぞ」

「そんなことを誉められても嬉しくはありません。とうッ！」

「いやいや、きっと芝居をするために身につけた舞の仕草が、お前の体の動きを隙《すき》のないものにしてくれたんだろうよ」

「ということは、私の芝居もよくなったと……」

「そういうことだろうな。負けるなよ、三代目！」

「はいッ！」

打ち込む大二郎の気合は盛りあがるばかりであった。

何気なく栄三郎が受けた取次の仕事は、お咲が加わり、大二郎も手伝わせてくれと言って聞かず、大がかりなものになってしまった。

「よし、これまでだ。大二郎、行くぞ！」

いい稽古ができたと、栄三郎は大二郎に大きく頷いた。

目指すは本所《ほんじょ》・小梅《こうめ》村。

ここにある〝あさい〟という料理茶屋が、大詰めの舞台なのだ。

すでにそこには、平助と仲睦《むつ》まじい様子を繕《つくろ》った、おせんとお咲が向かっている。

そして、お咲の姿をそっと見守りながら、松田新兵衛もまた小梅村への道を辿《たど》っていた。

女をたぶらかす、憎き騙り者の鼻を明かしてやるのだと、二代目・河村文弥との対決を望んだお咲は、

「宗右衛門殿の許しを得られねば、手伝わせるわけにはいかぬ」

という栄三郎の条件を引き出し、簡単に宗右衛門の許しを得てきた。

娘を持つ身の宗右衛門としては、松村、平助の二人を世の中にのさばらせておくことは許しがたい。

話を聞けば、お咲が囮《おとり》になるのが一番いいように思える。娘の安全さえ保障してもらえるなら、宗右衛門とて栄三の取次にいっちょう嚙みたい。

「松田さまが守ってやって下さいましたら、わたしには異存がありません」

そうして新兵衛もまた、仲間に加わることになった。

「金のためでも、お咲のためでもない。おれはお上から禄《ろく》を賜《たまわ》りながら、女をた

「松村という旗本が許せぬのだ」

松村らすような男の用心棒に成り下がっている、松村という旗本が許せぬのだ」

と、相変わらずお堅いことを言いながら、新兵衛は栄三郎、又平と共に、松村と平助の動きを徹底的にあらいつつ、お咲をしっかりと見守ったのである。

力強い用心棒を得て、お咲は平助の立ち廻り先をうろうろとして、声をかけられるのを待った。

碇の半次から平助のことを聞いたお染は、その日のうちに、半次の乾分に付き添われ、三十三間堂を徘徊《はいかい》している平助を教えられた。

そしてその面体《めんてい》をしっかりと頭に刻みつけて、これを今度はお咲に教えたのであった。

案に違わず、平助は声をかけてきた。

自分がまだ、純情無垢な娘に見られていることは嬉しくもあり、少し物足りなさもある。それでも〝新吉〟との架空の恋物語は、演じていて楽しかった。

この物語は栄三郎がでっちあげた話だが、名を新吉としたのは、新兵衛の一字を入れたいというお咲の願いである。

「松田さん、男冥利《みょうり》につきますねえ」

言わねばよいものを、大二郎は何よりも苦手な兄弟子・松田新兵衛にお愛想《あいそ》を

言って、

「何が男冥利だ！」

と、雷《かみなり》を落とされた。

正義のために引き受けはしたが、新兵衛は今度の一件、何もかもが気に入らない。

松村門之助という旗本の屑《くず》。平助という男の屑――。

そんな奴らに騙されてしまう娘達の無防備――。

正義のためと言いながら、自らの好奇心と相俟《あいま》って、冒険に新兵衛を引き込むお咲――。

剣を捨て、役者になりながら、まるで三代目の名を世に知らしめることができない弟弟子・岩石大二郎――。

そして、取次屋の名ばかりが売れていく、剣友の秋月栄三郎――。

それでも、この〝人の輪〟から逃げられないのはどうしてであろうかと、生真《きま》面目《じめ》に首を傾《かし》げて、今、菅笠《すげがさ》を目深《まぶか》に被《かぶ》った新兵衛は道行く。

川に囲まれた田園地帯の小道の向こうに、平助と並んで歩くお咲の姿が見える。

何よりもそれが気に入らないのだが、その感情だけは決して出すまいと、心にしっかりと蓋《ふた》をしている新兵衛であった。

おせんことお咲は、平助こと河村文弥に、世話になっているお大尽《だいじん》に、一緒に挨拶をしてもらいたいと頼まれた。

来月から、新たな舞台に立てるよう、贔屓の人達が色々動いてくれていたのだが、ここへ来て足を引っ張る者がいて、座元によからぬ噂を流したことで、危うい様子になってきている。

それをそのお大尽が、自分に任せておけと胸を叩いてくれているというのだ。

「お大尽は、了順《りようじゆん》という御典医様でいらっしゃってね。それは情に厚い人なんですよ」

「では、先生とお呼びしなければなりませんね」

「ああ、そうしておくれ。いつまでも舞台に上がれぬ身であれば、一緒になると心に誓った娘とも、別れなければなりません……そう言ってわたしが頭を下げたら……」

「そんな、わたしは文弥さんが舞台に立てる日を待ち続けます」

「心配いらないよ。先生は、わたしにそういう相手がいることを喜んで下さって、必ず何とかして口をきいてやると言って下さったんだ」

「ああ、それはよかった……」

「会えばお前も安心するだろうと、料理茶屋には、座元が随分と世話になっているという贔屓筋のお方もお呼び頂いているんだよ」

「それでは、わたしからも心をこめてお願いしてみせますわ」

「ありがたい……これで、女房をもらうなどと言ったことが嘘ではなかったと、先生にもわかってもらえる……おせん、お前のことは、死ぬまで粗末にはしませんからね」

「文弥さんのお役に立てるなら、これくらいのことは何でもありません」

「でも胸が痛いよ。お前、家の人には何も私のことを知らせていないんだろう……」

「文弥さんのことを話せば、うるさく言われるのは知れていますから」

「そりゃあそうだ。役者風情に、大事な娘をやれるものか……親なら誰でもそう思うさ」

「文弥さん……」

「いいんだよ。わたしが人に知られる役者になれば、お前のご両親だってわかって下さる。かえって力が湧《わ》いてくるってもんだ……」

長閑《のどか》な道を行く二人は、こんな会話を交わしていた。

平助は何もかも思うがままだと内心おせんに舌を出し、お咲もまた、今日こそ女の恨みを思い知れと、平助への怒りを、愛《いと》しい文弥のために躍起《やっき》となる娘の興奮に見せかけた。

——松田様は少しくらい、妬《や》いて下さっているのかしら。

そんな想いも胸に秘め——。

やがて、青く生《お》い茂った木立の中に、料理茶屋が見えてきた。柴垣《しばがき》で囲まれた小さな庵《いおり》のような造りの家で、実にひっそりとしていて、一見しただけではここが料理茶屋とは知れぬであろう。

もっとも、この〝あさい〟は料理茶屋とは名ばかりの貸席で、料理はもっぱら近くの源兵衛《げんべえ》橋 袂《たもと》の店から、出前をさせるようになっている。

元は趣のある料理茶屋だったのが、息子の市之助《いちのすけ》の代にすっかり食い潰《つぶ》してしまった。

市之助と悪所通いの中で知り合った松村門之助は、市之助の借金を見事に踏み倒してやり、〝あさい〟を料理茶屋を看板とする連れこみ宿に変えさせた。そして平助は、ここで市之助と二人で暮らしているのである。

悪党どもは初な素人《しろうと》娘を連れ込んでは、好き者の高利貸や生臭《なまぐさ》坊主などに高値で売りつけてきた。

今ここの離れ座敷にいて、河村文弥とおせんを待っているのは、了順という御典医ではなく、実は盲人を装った浜市《はまいち》という按摩《あんま》で、裏では金貸しをしている脂《あぶら》ぎった中年男なのである。

「おせん、ここはお偉い人達しか入れない店なのだよ……」

平助はもったいをつけて、お咲を促して腕木門《うでぎもん》を潜った。

そっと後方からやって来た新兵衛は、それを見届けるや裏手に回った。

ここが松村と平助の根城になっていることは、お咲と別れた後の平助をそっと尾行した又平がすでにつきとめていた。

茶屋の裏手も木立の中である。

その大樹の陰に剣客ふうの男と、小柄で痩身の優男がいた。

栄三郎と大二郎である。

大二郎は、役者のままで憎き先代とケリをつけてやろうと、あくまでも町人風《ふう》体《てい》であったが、その手にはしっかりと木太刀が握られていた。

真面目くさった大二郎の顔を見ると、さすがの新兵衛も、大二郎をかわいそうに思ったか、仁王《におう》のような厳しい面相を少し綻ばせた。

その頃、お咲は平助と共に離れ座敷にいて、了順こと浜市と顔を合わせていた。

文弥、おせん、了順――まことに一間の内は嘘だらけである。

「お前さんがおせんさんかい。いや、これは美しい。これから千両役者になろうという文弥とはお似合いだね……」

浜市もなかなかの役者ぶりである。

「先生、どうか、文弥さんのことをよろしくお願いします……文弥さんが、また舞台に立てますように、お口添え下さいませ……」

お咲も負けじと、殊勝《しゅしょう》な娘を演じる。

座敷には、白々《しらじら》しくも座元の贔屓筋の分の膳も置いてある。

そのような者など元よりいるはずもないのだが、平助はそれを眺めて、

「まだ、お見えではないようで……」

と、心配そうに言った。

「お迷いになっているのかもしれませんね。わたしが門口まで行って見て参りましょう」

「そんなもの、店に任せておけばよい。まず一杯やりましょう」

「いえ、大事なお客様のこと、見て参りますので、おせん、少しの間先生のお相手をしておくれ……」

平助はそう言い置いて座敷を出た。

「はッ、はッ、文弥も相当気持ちが急いているようだ。それもこれも、おせんさん、お前さんという人ができたゆえのこと。どれ、文弥の妻になる人に一杯注《つ》いで頂こうかな……」

一人残されたお咲に、浜市はにこやかに頰笑んだ――。

平助はというと、もちろん門口へなど行かない。

かつて料理茶屋として、市之助の父親が風流人相手に料理の腕を振るっていた板場へと足を踏み入れた。

そこは、今ではがらんとして寒々しく、それがこの夏の暑さにはちょうど居心地がよいのか、松村門之助が大胡坐《おおあぐら》で、市之助の酌《しゃく》で茶碗《ちゃわん》酒を飲んでいた。

「ご苦労だったな。まあ、ここへ来て一杯やりな。あの按摩がお楽しみの間、こっちは酒でも飲まねえとやってられねえや」

松村は平助を下卑《げび》た笑いで迎えた。

「ヘッ、ヘッ、まったくで……」

浜市の前には、木製の漆《うるし》塗りの銚子《ちょうし》が二つ置いてある。そのひとつの酒には、眠り薬が入っている。

この、眠り薬入りの酒を飲ませて、娘の意識が朦朧《もうろう》としたところを弄び、慰《なぐさ》みものにして、狼《おおかみ》共は乙女の花を散らしてしまうのである。

事が済み、浜市が帰った後に、平助はあられもない姿で座敷に横たわるおせんを起こし、その不実を詰《なじ》り別れてしまう――。

そのような筋書きなのだ。

騙されたと思っても後の祭りで、御典医の了順などはどこにもいないし、

「文弥の心を踏みにじった女めが、この次その面《つら》を見たら手討ちに致す」

と、別れ際に松村に脅されては、泣き寝入りするしかない。

しかし、永代寺門前町のそば屋〝ひょうたん〟の主・吾平の姪《めい》のおしんは、泣き寝入りすらできず、激しく気が動転し、絶望のあまり発作的に大川橋の上から身を投げてしまったのだ。

「それにしても今度の娘はたやすく落ちたものだな。しかも三十両の値がついたとは、こんなに割のいいことはねえや」

松村は平助に酒を注いでやりながら金勘定をしはじめた。

「あの娘なら三十両は安すぎらあ、後でちょいとばかし足し前をつけてもらわねえとな……」

松村は事が済めば、少し浜市を脅してさらに十両ばかりせしめるつもりであった。

いざという時、娘が逃げぬようにと、用心棒の浪人を二人、離れの外に見張らせている。

「こちとらそれなりに元手がかかっているんだ。そうだろう……」

不敵に笑う松村の徹底した悪党ぶりに、平助と市之助は追従《ついしょう》笑いで応えた。

しかし、三人が笑い合った少し前のこと――。

この家の外の木立では、少しずつ、確実に、悪党退治の策が練《ね》られ、進行していた。

ここでの三人の悪巧みは、ある時は庭の大樹の上から、またある時は庇《ひさし》屋根の上から、元軽業《かるわざ》師の芸を駆使した又平が覗き見て、おおよそのところその内容を摑んでいた。

　そしてこの日、又平は、新兵衛と大二郎と少し離れて木立に潜《ひそ》む栄三郎の前に、供の小者を二人ばかり連れた、南町同心・前原弥十郎を案内して来た。

「おう、栄三先生よう、おれをあんまり厄介なことに巻きこまねえでくれよ」

　弥十郎は栄三郎に会うや声を潜めて言った。

「厄介なこととは何ですよう。だいたい悪人どもをお上が野放しにするから、泣き寝入りする娘が跡を絶たねえんでしょう」

「だがよう、男と女のことは騙される方も悪いんだ。〝嫌ならそもそも、こんな茶屋にはついて来ねえだろう……〟なんて旗本に凄まれりゃあ、町方は引き下がるしかねえんだよ」

「では、嫌がる娘を無理矢理手ごめにすることは罪咎《つみとが》にはならねえってんで」

「そうは言わねえが、その場を押さえねえと、いくらでも言い逃れができるだろう」

「ですから、たまたま通りがかったら女の悲鳴が聞こえたんで駆けつけてみれば、いかさま野郎が金にあかして、素人娘を手ごめにしようとしていたので捕《と》らまえた……そういうことでいいじゃねえですか。こっちも旦那に手伝ってもらわねえと、ただ鼻を明かしただけでは落とし所がねえんですよ」

「まあ、お前の言うことはわかるが……」

「この前、うず潮一味の捕縛には随分骨を折らして頂きやしたが、そうですかい。たかが二百石の旗本一人に旦那は及び腰ってわけですかい。そういえば、田辺屋の主《あるじ》が近々御奉行に会うとか言っていたような……」

「わかったよ。合図は娘の叫び声だな。この辺で身を潜めているから、うめえことやってくれよ」

こんな調子で弥十郎との話もまとまり、木立の大樹の上から〝あさい〟の離れの様子を窺っていた又平が、平助が座敷を出て渡り廊下に現れたのを見るや、猿《ましら》の如くするすると木から降りてきた。

又平は、栄三郎、新兵衛、大二郎に目で合図をすると、軽々と柴垣を跳び越え、裏手の内へと忍び入り網代戸《あじろど》の木戸門を開けた。

そこへまず新兵衛が入り、離れの外で見廻る浪人者の姿を見つけるや、これに親しげに近寄り、小声で話しかけた。

「怪しい奴はおらぬか……」

あまりに堂々とした様子に、

「おぬしは……？」

と、首を傾げた浪人者は、たちまち地面に崩れ落ちた。目にも留まらぬ早業《はやわざ》で、新兵衛が大刀を鞘《さや》ごと腰から抜いて、その鐺《こじり》を浪人者の鳩尾《みぞおち》に突き入れたのである。

その様子を認めたもう一人の浪人者も、声をあげるまでもなく、突如、植込みの陰から現れた栄三郎に同じく脇腹を突かれ倒された。

この二人を、大二郎と又平がたちまち縛り上げ猿轡《さるぐつわ》を嚙ませる――。

その時、座敷の内では、お咲が慣れない手つきで、御典医・了順を演ずる浜市に酒を注いでいた。

「おせんさん、お前さん、ちょっと顔色がすぐれませんねえ、どれどれわたしが脈を取って進ぜましょう」

などと、好き者・浜市がその本性《ほんしょう》を見せ始めるのに、お咲はわざと酒をこぼしたりしながら、

「ああ、これは申し訳ございません……」

うまく時を稼いでいた。

その間に、栄三郎は、新兵衛、大二郎と共に、松村、平助、市之助が酒盛りを

している板場へずかずかと押し入ったかと思うと、

「おう、河村文弥ってえのはお前かい！」

いきなりの喧嘩《けんか》口上を浴びせたのだ。

「この、薄汚《ぎたね》えいかさま野郎めが！」

俄の乱入に、松村は慌《あわ》て、直参旗本の名乗りも忘れ、

「何でえお前《めえ》らは……」

と、押っ取り刀で立ち上がり、新兵衛が腰の刀に手をやるのにつられて、さっと抜き放ったのが運の尽き――。

新兵衛が抜いた剛剣に、たちまち出端《でばな》を捉えられ、はね上げられた大刀は、松村の手を離れ、天井に突き立った。

「ま、待て！　おのれはおれを何者だと……」

だが新兵衛は、松村の名乗りを許さずに、愛刀・水心子正秀《すいしんしまさひで》を峰に返すや、

「えいッ！」

と一歩踏み込み、松村の首筋をしたたかに打ち、昏倒《こんとう》せしめた。

「言っておくが、先に抜いたのはおぬしだぞ……」

新兵衛はゆっくりと刀を納めた。

強いと思った松村のこの様を見て、残された二人はその場に凍りついた。

それでもやっとのことで、外の用心棒に火急を報せようとした市之助であったが、

「外の二人は眠っているよ」

と、栄三郎の刀の鞘で足を払われ、倒れたところを鐺で突かれておとなしくなった。

「よし、大二郎、千両役者の出番だぜ」

大二郎は大きく頷くと、平助の前にゆっくりと立ちはだかった。

かつて、岸裏道場で修行をしていた折、仕合稽古に臨《のぞ》む時は、いつも頼りなげな足取りで、構えた瞬間に一歩右足を前に進めることができなかった大二郎であった。

それが今日は、横一文字に結ばれた口許《くちもと》には素晴らしい気迫が漂い、平助を睨みつける目にも凄みがある。

――大二郎は本気になれるものをしっかりと見つけたのだ。

栄三郎は、そうではないかと、新兵衛に目で語りかけた。

こんな奴に、今自分が命をかけて大事にしている河村文弥の名を汚されて堪る

ものか——その一念が、大二郎の四肢に強い力を与えているのだ。それだけ本気になれるものを見つけた大二郎を、よしとしてやろうではないか……。

新兵衛は、剣友の言葉を受け止めたという証に、

「大二郎、今のお前には、こんな奴相手にこれは似合わぬ……」

と、大二郎が手にした木太刀を受けとってやった。

——松田さんがわたしを認めてくれた。

大二郎は泣きたくなる気持ちを抑え、

「ど、どこのどなたか存じませんが、わ、わたしは、この旦那に女を騙せと脅されまして……」

恥も忘れて許しを請う平助の胸倉《むなぐら》を左手でむんずと摑み、

「どこのどなただと……そのうち、江戸中にこの顔が知れ渡るようになろうから、ようく覚えておけ。わたしの名は、三代目・河村文弥だよう！」

「へ……？　三代目……？」

「この先、二度とこの名を使うんじゃねえや、この騙り者が！」

言うや大二郎は、右手で平助の顔面に鉄拳を喰《く》らわせた。

その一撃で、平助は完全に伸びてしまった。

「ふん、役者は顔が命だが、もうお前には使うこともあるまい……」

少し芝居がかった言い回しが鼻につくものの、まあ、よくやったと新兵衛は、かつての弟弟子の肩を無言で叩いてやった。

「さあ、仕上げだ……」

三人は、離れ座敷の外の庭へ回った。

離れ座敷の中では――。

「何やら、向こうの方で騒がしい音がするようですが……」

栄三郎、大二郎、新兵衛が板場に殴《なぐ》り込んだ時、お咲は浜市に酒を注ぐ手を休めて耳を澄ました。

浜市もこれでは落ち着いて事を運べないではないかとお咲に倣《なら》ったが、すぐに音も鳴り止《や》んだので、いよいよ、件の塗りの銚子の柄《え》を摑み、

「おせんさん、ご返盃《へんぱい》といきましょう。一杯だけでいいから、受けておくれ」

「いえ、文弥さんに叱られます」

「わたしの盃《さかずき》を断るともっと叱られますよ。さあ、おせんさん……」

「いえ、でも……」

「いいから、わたしのお酒が飲めないとでも言うのかい……」

などと、飲む飲まないのやり取りを交わすうち、小窓がかすかに外から開いて、又平がそっと顔を覗かせ、再び窓を閉めた。

それが合図であった。

お咲はたちまち初な小娘から、〝手習い道場〟期待の女剣士の凛《りん》とした顔付き、身のこなしへと変じて、

「ではまずそのお酒……先生が飲んでみて下さいまし」

と、きっぱりと言い放った。

「な、何だと……わたしに向かって何という口の利《き》きようをするんだい」

小娘の意外な反撃に、浜市は面喰らいつつ、それでも了順を演じ、目の前の上玉の味を楽しまずにいられるものかと、お咲を叱りつけた。

「いえ、そのお酒にはさぞかし、何か味なものが入っていることだろうと思いまして……」

「い、言いがかりはよしなさい。文弥が舞台を踏めないことになってもいいのかい」

「あの人は二代目の文弥さん、元より舞台に立てる人ではありませんよ」

「まったくどうなっているんだ、いったい！」

話が違うと思ったが、浜市は獲物を前にして堪えきれず、かくなる上は押さえつけてでも思いを果たしてやる、それもまた、花の散らしがいがあるものだとばかりに、

「おい娘、逃げられると思うなよ」

ついに牙をむき、舌なめずりをして、じりじりとお咲に近寄った――。


「おい、合図はどうなっているんだよ……」

〝あさい〟の裏手の木立で時が来るのを待っていた南町同心・前原弥十郎に、

「この好き者め、恥を知れ！」

と、合図の叫び声が届いたのはその直後であった。

「よし、行ってみようか……」

弥十郎が、難なく裏の網代戸の木戸門から中へ入ると、離れ座敷でばたばたと物音がしていて、庭では秋月栄三郎、松田新兵衛、又平、岩石大二郎がのんびりとして木蔭《こかげ》で涼んでいた。

「おい、皆、助けに行かねえでいいのかい。中では娘が手ごめに……」

どうなっているのだと言う弥十郎の目の前に、障子戸をつき破った浜市が転が

り落ちてきた。岸裏伝兵衛、松田新兵衛によって、この春みっちりと仕込まれた気楽流柔術の手によって、襲いかかってくる男の力を利用し、お咲が好き者・浜市を見事に庭へ放り出したのであった。

したたか地面に体を打ちつけ、がっくりとする浜市と、座敷の縁で恥ずかしそうに頭を下げるお咲を交互に見て、

「素人娘を手ごめにしているところに出くわしただと……何が手ごめだ……」

呆《あき》れ返る弥十郎であった。栄三郎、新兵衛、又平、大二郎は、それぞれの想いを胸に、晴れ晴れとした心地で笑い合った。

同時に、木立の中で蟬《せみ》が一斉に鳴き始めた。

六

料理茶屋〝あさい〟での一件は、浜市、平助、市之助を締めあげ白状させたことで、南町奉行所が裁くところとなり、その場に居合わせ、刀を抜いての争闘に及んだ松村門之助は評定所送りとなった。

浜市、市之助はともかく、あれこれ余罪が明るみに出るであろう平助は島送

り、松村は切腹を免《まぬが》れまい。

おしんが身投げした理由を探るだけでなく、その敵《かたき》を見事に討ってやった栄三郎に、深川〝ひょうたん〟の主・吾平は泣いて喜び、さらに五両の金を手習い道場に持参したが、

「せっかくだから一両だけ、気持ちとして頂こう。その代わり、浅草奥山の〝大松〟に出ている河村文弥を下手《へた》でも何でも、贔屓にしてやってくれぬかな」

栄三郎はそう言ってにこやかにこれに応えた。三代目・河村文弥は月の替わりに〝大松〟でかけられる〝隅田川続 俤《すみだがわごにちのおもかげ》〟で、敵役だがなかなかいい役を貰《もら》えることになったのだ。

「はい、そりゃあもう、皆総出で見に行かせて頂きます……」

そういう栄三郎の優しさを改めて思い知らされた吾平は、つくづくと感じ入り、その頼みを快諾した。

「おしんという娃御のことは残念であったな。だがな、身を投げたのは、それだけ心がきれいであったということだ。慰めにもならぬが、おやじ殿、その分、およしちゃんがきれいに花を咲かせるよう、皆で見守っておあげなされ」

栄三郎は吾平を労《いたわ》ることも忘れなかった。

それにしても栄三郎――気遣わねばならぬことが多過ぎる。

又平と二人でこなせる取次に止《とど》めておけばよいものを、つい、正義と情けの深みにはまり、今度も新兵衛、大二郎、お染、お咲を結果的に巻きこんで、大がかりなことをしてしまった。

しかも皆一様に謝礼の金は受け取らないから余計気を遣う。

――かといって、皆が手伝うってんだから仕方がねえや。

栄三郎は、月の替わりの〝大松〟の宮地芝居に、せめて皆を連れていくことにした。

そして、その芝居見物の当日――。

相変わらず頑として、芝居は見ないと言い切った松田新兵衛であったが、その日は自ら手習い師匠を引き受けて、

「大二郎の奴、なかなかいい顔になった……」

と、お染と又平を連れて道場を出る栄三郎にポツリと言った。

それが大二郎への何よりの楽屋見舞いとなったのである。

栄三郎達が浅草奥山の〝大松〟に到着すると、小屋には田辺屋宗右衛門が、お咲をはじめ、店の者を大勢引き連れて来ていて、

「松田様のお住まいのことは、私にお任せ下さい」

栄三郎を見るや、ニヤリと笑ったものだ。宗右衛門も栄三郎に劣らずお節介だ。

「でもこれで、胸のつかえがひとつとれたねえ」

桟敷《さじき》で栄三郎の右手に座るお染がふっと笑った。

「おかしいかい」

「いえ、まったく人のことに忙しい男だと思ってね」

「人のことに忙しいか。お前の言う通りだ」

「あの〝牛の足〟も、今日はいい役を貰ってよかったねえ……」

「ああ、敵役だけどな」

〝隅田川続俤〟は、生臭坊主・法界坊《ほうかいぼう》の滑稽《こっけい》な話である。この中に、〝手代敵《てだいがたき》〟と言われる、ちょっと間抜けな悪党・長九郎《ちょうくろう》が登場するのであるが、これを三代目・河村文弥が勤めることになったのだ。

日頃の芸への精進、二代目・河村文弥の悪行を見事暴き出す一助となったことが認められての初役である。

「まあ、武士は捨ててもこうやって、一途《いちず》に芸に精進するのは大したもんだ。今日から〝牛の足〟とは言わないよ」

お染は嫋《たお》やかな表情となって、栄三郎を見た。

「ああ、大二郎は大したもんだ。おれはあいつのようにきっぱりと武士を捨てられねえや」

「捨てることはないさ。栄三さんみたいな武士がいたっていいじゃないか」

「そうかねえ……」

「そうだよ……」

「お染」

「何だい」

「お前はいい女だなあ」

「ふふふ、わかっていりゃあいいんだよ。栄三さん」

「何だい」

「言っておくけど、わっちは、うしお一家の碇の半次とは、何でもないよ」

「ふッ、何でえいきなり」

「栄三さんが、気にしているんじゃないかと思ってね」

「ああ、気になっていたよ……」

〝廻り〟の柝《き》が入った。

もうすぐ芝居が始まるようだ。

お染はそれっきり黙ってしまった。

次に出る言葉が、男勝りの元辰巳芸者に似合わぬ甘ったるいものになっては業腹だ――。

それゆえの沈黙なのであろう。

栄三郎はかける言葉を捜しつつ、ふと左手の又平の様子を見てみると、少し離れた所に〝ひょうたん〟の連中が陣取っていて、又平は今回の仕事を頼んだおよしと目が合って、会釈《えしやく》を交わしていたところであった。

およしは又平を頼り甲斐《がい》のある男だと思い、見直したのであろう。さっぱりとした笑顔には、いつもと違う潤《うるお》いがあった。

――いい娘だ。

栄三郎は、およしのことなど何も想っちゃあいませんよと、恰好をつけている又平の二の腕を、手にした扇子でポンとはたいてやった。

又平はそれでも澄ましているが、およしはそういう又平から目をそらさない。

さらに、およしの向こうから、栄三郎に気付いてにこやかに会釈を送る一人の女の顔が見えた。

子供が、盥の底に墨でお多福の顔を描いた——。

まさしく〝ひょうたん〟の小女・おしげがそこにいた。

栄三郎はこみあげる笑いを堪えると、ふっと会釈を返して正面を見た。

その途端、舞台の幕が開いた。

第三話

面影《おもかげ》の路《みち》

一

「ま、まさか……」

暦の上では秋となったが、まだまだ残暑厳しきある日のこと。

子供達を前に、手習い師匠の秋月栄三郎が、目を丸くして驚きの声をあげた。

〝手習い道場〟の格子窓《こうしまど》の向こうに、思わぬ人の顔を認めたからだ。

小柄で美しい白髪が何とも品のある老人が、栄三郎に笑顔を向けていた。

「これは盛況で何よりじゃな」

老人は、深い皺《しわ》に喜びを湛《たた》えて、子供達の姿を眺めている。

「宮川《みやがわ》先生……、これはお人が悪うございますよ……」

「はッ、はッ、驚かそうと思いましてな」

「もうしっかりと驚きました。さあさあまずは中へ……」

「お邪魔ではなかったかな」

「何を仰《おつしや》っているのです。おい皆、又平は初めてだったな。宮川九郎兵衛《くろべえ》先生だ。さあさあ先生、早く中へお入り下さい」

悪戯《いたずら》小僧どもを叱《しか》って回っていた又平は、その名を聞いて、慌《あわ》ててこの老人を丁重に板間へと請《しょう》じ入れた。

この時期の子供達は今ひとつ元気がない。

厳しい残暑に加えて、藪入《やぶい》りで、久しぶりに奉公先から家に戻ってきていた兄達との束《つか》の間《ま》の再会の後の寂しさが重なり、ボーッと沈みがちなのである。

それが、珍しい先生の登場で、一気に活気づいた。

栄三先生が、下にも置かぬ宮川九郎兵衛は、この手習い所の先代師匠である。

ゆえに、年長の手習い子達は、九郎兵衛のことを覚えていて、

「宮川先生だ！」

どこか得意げにその名を連呼したものだ。

三年前になろうか――。

鉄砲洲《てっぽうず》の道端で、俄《にわか》の差し込みに苦しむ九郎兵衛を、栄三郎は助けた。その後、情けに厚い栄三郎のこと、この手習い所で独り暮らす九郎兵衛を何度か見舞ううちに親交を深め、時に手習い師匠の手伝いなどするようになった。

決して品行方正な男ではないが、手習い子にも、その親達にもたちまち愛される栄三郎に、九郎兵衛はこの手習い所の後継を託した。

儒官である林《りん》家の書生となっていた九郎兵衛の息《そく》・太郎次郎《たろうじろう》が、信州上田《しんしゅううえだ》五万三千石《ごく》・松平《まつだいら》家に仕官が叶《かな》い、その任地に九郎兵衛もともに行くことになったからだ。

「わたしが手習い師匠ですか……」

柄《がら》にもないことだと笑う栄三郎に、

「栄三郎殿ならできる。子供にものを教えるのは、頭で教えようとしてもいかぬのだ。体で教えぬとな」

「体で……」

「左様《さよう》、何と申そうかのう。つまり、口先でものを教えようとしても、子供はなかなかどうして食いついてこぬものでな」

「よくわかりませんが……」

「今はわからずともすぐにわかろう。とにかくこのことさえ覚えていてくれたら、それでよろしい」

九郎兵衛は、自分にはその体力が衰えてきたゆえ、これからは栄三郎が適任なのだと、強く望んだのだ。

その頃の栄三郎は、決まった住まいもなく、方々で住み込みの用心棒をやってみたり、知り合いの家に居候《いそうろう》したりしていた。

それだけに、手習い師匠を務めるのはちょっと面倒ではあるものの、食い扶持《ぶち》にもありつけるし住まいも定まるならそれもよしと、軽い気持ちで引き受けたのだが、それが今ではいい加減で遊び好きの栄三郎の許《もと》に、五十人を超える手習い子が集まってくるようになった。

処《ところ》の人のためになるならと、宮川九郎兵衛を迎えてこの手習い所を作った田辺屋宗右衛門も、今ではこのお調子者の二代目手習い師匠に、すっかり入れ込んでしまっている。

まったくもって、宮川九郎兵衛には人を見る目があったといえよう。

栄三郎自身、九郎兵衛の跡を継ぎ、さらにここを〝手習い道場〟としたことで、新しい人生が開けたと思っている。

野鍛冶《のかじ》の倅《せがれ》が武士を目指して剣術修行に明け暮れ、一端《いっぱし》の剣客《けんかく》を名乗るまでにはなったものの、俄に道場を畳み、廻国《かいこく》修行に出てしまった師・岸裏伝兵衛と別れて後、権威と保身に走る武士の世界に嫌気がさしてしまった栄三郎であった。

それが、ここで町の者達と触れ合ううちに、町の暮らしの中に、己《おの》が剣を生かしていく、その道筋が見つかったのであるから。

「皆、知らぬ者もいるだろうからよく聞いてくれ。このお方は、おれの恩人だ。このお方がいなかったら、秋月栄三郎は、皆とは会っていなかった。わかるな。恩人……。情けをかけてくれた人のことだ」

栄三郎が改めて手習い子達に紹介するのに、九郎兵衛は少し困った顔をして、

「栄三先生は、わたしのような年寄りにまで優しい言葉をかけてくれる立派な先生だ。皆、よく言うことを聞くのだぞ」

そう言うと、しばしの間、栄三郎の手習い教授を手伝いながら、久しぶりの子供達との一時《ひととき》を楽しんだ。

今回の出府は、息子の太郎次郎が主君・松平伊賀守《いがのかみ》へ領地における農政改革の報告をするための出張に、同行を許されたものであった。

太郎次郎は儒学のみならず、農学をよく修めていたことで、郡《こおり》奉行の下で手腕を発揮し、九郎兵衛も息子を助け、百姓達の学力向上に努めた功を称され、久しぶりの江戸での休暇を与えられたのである。

「それは何よりでございましたな……」

松平家のはからいに、栄三郎は深く感じ入った。

手習いが終わると、九郎兵衛が現われたことを聞きつけた〝善兵衛長屋〟の連

中や、近所の者達が次々と現われて再会に涙した。

そうするうちに、松田新兵衛が出稽古《でげいこ》から戻って、初めての対面を喜んだ。

新兵衛はいまだに新居が定まらず、道場の二階に住んでいた。

互いに栄三郎を通じてその噂《うわさ》を聞き及び、一度会ってみたいと思い合っていたのだが、想像通りの人であったと、多くを語らぬうちにたちまち九郎兵衛と新兵衛は打ち解け合い、新兵衛は儒者である九郎兵衛の話を余すことなく吸収しようと終始真剣な目を向けた。

人との出会い、人に聞く言葉のひとつひとつが大事な時代である。

わずかな時を共にしただけで、師弟の礼を取ることとてあるのだ。

剣客として、明日の命もわからぬ世界に身を置く新兵衛のこの姿勢は九郎兵衛を感動させた。

栄三郎はそれが自慢であった。

「わたしの友達にしては出来すぎた男でしょう」

自分にもこういう真剣さが何事においてもあればいいのですがと笑いとばす、栄三郎の人間味もまた、九郎兵衛は堪《たま》らなく好きなのである。

それからすぐに田辺屋から迎えが来た。

そもそも、儒者としての宮川九郎兵衛の人柄に傾倒した田辺屋宗右衛門が、娘・お咲の手習い師匠として九郎兵衛を家に迎えたことが、すべての始まりであった。

息子の太郎次郎が学問の道でそれなりに頭角を現わしてきたことで、儒者としての暮らしから身を引き、隠棲《いんせい》しようかと思っていた九郎兵衛を説き、お咲《す》が成長した後、京橋水谷町に所有する地所を改築し、ここに手習い師匠として据えたのである。

久しぶりの九郎兵衛の出府を、宗右衛門がそのままにするはずはなかった。

九郎兵衛に関わりのある者は皆、家に招き、大宴会を開いたのだ。

栄三郎、新兵衛はもちろん、又平と居酒屋〝そめじ〟の女将《おかみ》・お染も手伝いに出かけた。

わずかに三年足らずの間、水谷町で手習い師匠を務めただけの宮川九郎兵衛であった。

それが、久しぶりに戻った自分をここまで歓迎してくれるとは……。

懐《なつ》かしい人、初めて会う人、息子の供をして江戸へ来て本当によかったと、九郎兵衛の目にはうっすらと涙さえ浮かんだ。

「宮川家はますますご清栄、ほんにめでたい……」

宗右衛門は、お咲に九郎兵衛の給仕をさせながら、禄《ろく》を食《は》む身となった息子・太郎次郎に宮川の家を託すに、自《みずか》らもその一助と成らんと、信州上田の地に同行した九郎兵衛に、

「いやいや、めでたい、めでたい……」

という言葉を繰《く》り返した。

恰幅《かっぷく》がよく、真《まこと》にふくよかな宗右衛門が言うと、何もかもがめでたくなってくる。

これに対し、

「ありがたい、ありがたい」

を繰り返す九郎兵衛であったが、ひとつだけ大いに自慢した。

「どうです。秋月栄三郎。わたしの目に狂いはございませなんだようにて」

「いや、先生のご炯眼《けいがん》には、真、恐れ入りましてございます」

いかにもと頷《うなず》く宗右衛門の横で、お咲もまたしっかりと頷いた。

「わたしが江戸に残した大きな自慢が、あの御仁でございますよ。今日の宴《うたげ》も、栄三郎殿がいればこそのもの。あの御仁がおらねば、わたしのためだと申して、

これほど人は集まらぬし、これほど座は盛り上がりませぬよ……」

「う〜む。とは申しましても、秋月先生を連れてきたのは宮川先生です。ということはこうして皆が集まって、座が盛り上がっているのも、すべては宮川先生のご人徳なのでございますよ。わあはッ、はッ、はッ……」

宗右衛門は、肉付きのよい体を震わせた。

「なるほど、ではまあ、そういうことにして頂きましょうかな。はッ、はッ……」

九郎兵衛も笑った。

宗右衛門と話し込んでいるので、折を見て九郎兵衛に酒を注《つ》ごうと様子を窺《うかが》う連中は、皆一様に栄三郎の周りに集まって騒いでいる。

その誰もが楽しそうである。

九郎兵衛はその姿を目を細めて見ながら、

「ときに宗右衛門殿、栄三郎殿は、〝取次屋〟という内職をしているとか」

「よくご存じで」

「いったいそれはどのようなもので」

「これがなかなかおもしろい仕事でしてね。わたしもお咲も、時に仲間に入れて頂いているのですよ……」

「ほう、それはまたおもしろそうな」

「はい。おもしろうございます。なあ、お咲」

「はい。でも、なかなか手伝わせては下さらないのですよ」

「道楽で手伝われても困るということでございましてな」

「ふむふむ、なるほど……」

田辺屋父娘から聞かされる取次の逸話《いつわ》の数々——やがて九郎兵衛は、腹を抱えて笑い出した。

二

宴はまだ世の中が明るいうちに終わった。

宮川九郎兵衛はこのたびの出府で、息子の太郎次郎とともに松平伊賀守江戸上屋敷内の侍長屋に宿所を定められていた。

大名屋敷の門は、どこも暮れ六ツ（午後六時）には閉められる。

それまでに帰らねば、国許《くにもと》に追い返されたり、謹慎を申しつけられることもある。

と言っても、門番をうまく懐柔《かいじゅう》したり、あれこれ理由をつけて遅くに帰ることもできなくはない。

九郎兵衛の場合は、御家からの褒美《ほうび》の出府なのであるから、届け出さえすれば何とでもなる。

しかし九郎兵衛は、きっちりと規則を守ることにしていた。褒美はあくまでも、現在、宮川家の当主である太郎次郎に下されたものである。

六十を過ぎた自分が出過ぎたことをして、太郎次郎に少しの負《お》い目《め》も与えたくなかった。

だらしなく酒に酔うこともなく、穏《おだ》やかな表情を崩すこともなく、九郎兵衛は田辺屋を辞し、帰路についた。

松平伊賀守の上屋敷は筋違《すじかい》橋内にある。

呉服《ごふく》町の田辺屋からはさして遠くはない。

秋月栄三郎が門の前まで見送った。

日本橋を渡り、北へと並んで歩く間、今、田辺屋で聞いてきた取次屋の話を、九郎兵衛は楽しそうに栄三郎に問いかけた。

「いやいや、お恥ずかしい話です。宮川先生の跡を引き継いだのはよかったが、朝、寝過ごしてしまうわ、気儘《きまま》に手習いを休むわで、一時《いっとき》は随分《ずいぶん》と、手習い子を減らしてしまいましてね……」

手習い所の存続のために内職を始めたのが取次屋であるのだと、栄三郎は照れ笑いを浮かべた。

「しかし、これが不思議なものでしてね。取次屋がうまく回りだすに従って、手習い子の方も増えてきましたよ」

「なるほど、人助けをすることで皆が栄三郎殿の良さをわかったのであろう。そして栄三郎殿もまた、人の情けを知ることで大きくなった……」

「わたしは何も変わっていないと思いますけどねえ」

「いやいや、大きくなられた……」

やがて、筋違橋の手前にある御門が見えてきた。門前は八ッ小路《やつこうじ》という広場になっていて、掛け茶屋や露店が並んでいた。

「江戸もまた、どんどん大きくなる……」

九郎兵衛は、信州上田の地を想い、つくづくと言った。

「これで見納めなどと、寂しいことを言わないで下さいよ」

「わたしくらいの歳《とし》になれば、これが見納め……と覚悟を決めておかねばなりませぬよ」

「う〜む……」

六十を過ぎた男に覚悟と言われると、栄三郎は沈黙するしかない。

「栄三郎殿、取次とは、武士と町人の間を結ぶ仕事とか」

「はい、まあ、そのような……」

「ならば、わたしにもひとつ、取り次いでもらえぬかな」

「先生に……。いったい何をです?」

「わたしと江戸の町を取り次いでもらいたいのじゃよ」

「ははは、江戸の町、そのものですか。これは相手が大きゅうございますな」

「いや、わたしは江戸で生まれ育ったのにもかかわらず、考えてみれば、住まいと学問所を行ったり来たりの暮らしばかりであったような……」

「なるほど、意外と皆、生まれ育った所のことは、あまり詳しくないものかもしれませんね」

「いつでも行ける、いつでも楽しめる……。そう思ううちに、どこにどのようなうまい物があるだとか、どこの景色が美しいだとか、何も知らぬままこの歳になってしもうた……」

「わかりました。わたしは大坂の町の出でしたから、江戸が珍しくて、あちらこちらと遊び歩きました。宮川先生を色々ご案内してさしあげればよいのでございますな」

「そうして下さるかな」

「わたしなど、通人《つうじん》というには程遠い者でございますが、それでよろしければ」

「わたしは栄三郎殿に案内してもらいたいのじゃよ」

栄三郎と一緒であれば、方々で町の人々と楽しく触れ合えるであろう。それが何よりであるのだと九郎兵衛は言った。

「はい、おやすいご用でござります」

それならばと、栄三郎はにこやかにこの取次を受けた。

「では、明日は朝からこの時分まで、よろしくお願い致しますぞ」

よかった、よかったと九郎兵衛が頷くと、松平家の上屋敷の表門が見えてきた。

約束を交《か》わして、晴れ晴れとした表情で門の内へと入って行く宮川九郎兵衛の姿には老醜《ろうしゅう》の欠片《かけら》もない。

そこはかとなく醸《かも》し出される哀愁《あいしゅう》は、この老人を構いたくて仕方がなくなる……。そんな気持ちにさせられる。

「あれから三年か……」

三年分老いてなお、成長し続ける。

自分も九郎兵衛のごとき老人になりたいものだ……。

「いや、おれには無理だな……」

ふっと笑って、栄三郎は南の方へと取って返した。


翌日。

約束通り、栄三郎は朝早くから筋違橋内の上屋敷へ九郎兵衛を迎えに行った。

「それでは先生、まずは日本橋までぶらぶらと歩いて、江戸《えど》橋の船宿で船を仕立てて深川へ、そこから浅草の方へと参りましょうか」

「うむ、その方面は無案内ゆえ、楽しみでござるな」

すぐに話はまとまって、二人は八ッ小路を南へ、日本橋へ向かって歩き出した。

「いや、考えてみれば、日本橋の北側をじっくり歩くことなどなかったかもしれませぬな。はッ、はッ、はッ……」

何度か通った道も、辺りに気を配りながら歩いてみると、今まで気付かずにいた店などが目に留まるものだ。

そのひとつひとつを栄三郎は解説してくれたし、彼自身わからぬ時は、その独特の人懐っこさで店の者にあれこれ訊《たず》ねてくれた。

九郎兵衛は終始、楽しそうであった。

駿河《するが》町にさしかかると、西のはるか向こうに、霊峰・富士《ふじ》の山が聳《そび》えていた。

「これはまた見事な……」

嘆息する九郎兵衛に、

「富士の山がいつも見えるようにと、この町屋は作られたようにございますな。それゆえ駿河町と名が付いたと」

「おお、そういえば……。いかぬいかぬ。学問をいくら修めてもこれしきのことを知らぬとは情けないことだ……」

それから栄三郎は、江戸橋の船宿で船を仕立てて、九郎兵衛を砂村元八幡《すなむらもとはちまん》へと連れて行った。

そこは深川の海浜・洲崎《すさき》にあり、荒涼たる社地《やしろち》の中に松が繁《しげ》る、何とも趣《おもむき》のある所である。

元々、深川の八幡宮はこの地に創建されたのであるが、辺地であり、洪水の危険にさらされることから、寛永《かんえい》四年（一六二七）に長盛法印《ちょうせいほういん》なる者が、今の富岡《とみおか》八幡宮に移築したと言われている。

それゆえに、土地の人々からは〝元八幡宮〟と呼ばれているのだ。

「その所以《ゆえん》は知っていたが、この地に足を運んだことはなかった。いやいや、ここから見ると松と海の蒼《あお》さは何とも雅《みやび》やかですな……」

「まだ鳥居なども残されておりますし、わたしはどうも、こちらの八幡様の方が霊験《れいげん》あらたかなような気がして好きなのですよ」

「栄三郎殿は、風雅というものを心得ておられる」

「いや、難しいことはわかりませんが、宮川先生は、きっとここの眺めを気に入って下さると思いまして」

「大いに気に入りましたぞ。やはり栄三郎殿に頼んでよかった。わたしはこういう江戸の景色こそ見ておきたかった」

「とは申しましても、こういうところばかりでは、おもしろくありません。これから、今の八幡様の方へと参りましょう」

栄三郎は、それから九郎兵衛を、深川の永代寺門前の、砂村とはうって変わって、賑《にぎ》やかな盛り場へと案内し、さらに船で浅草橋場へ——。再び隅田川の明媚《めいび》なる風景を楽しませると、橋場の渡しの傍《そば》にある〃はつせ〃という茶店で休んだ。

ここは、お染の昔馴染《なじ》みであるおみのという女が、女衒《ぜげん》を生業《なりわい》とする弥助《やすけ》という亭主と切り盛りしていて、入れ込みの奥に小部屋もある、ちょっと小粋《こいき》な店であった。

栄三郎が訪ねると、ちょうど弥助もいて、夫婦は大喜びで迎えてくれた。

弥助には以前、取次仕事で世話になった。

旗本三千石・永井勘解由《ながいかげゆ》の婿《むこ》養子となった房之助《ふさのすけ》——その生き別れになっていた姉・久栄《ひさえ》を捜《さが》してくれるよう、永井家用人・深尾又五郎《ふかおまたごろう》に頼まれた一件であった。

遊女に身を落としていた久栄の消息を、弥助はあっという間に調べてくれた。

今は、おはつという名の女郎から、萩江《はぎえ》と名を変えて永井家屋敷に引き取られ、幸せに暮らしている久栄であるが、おはつの頃に栄三郎とは一夜を馴染み、互いに惹《ひ》かれ合う間であったことは、墓場の中まで秘める覚悟の栄三郎であった。

がそれだけに、栄三郎は弥助に会うと、萩江のことを思い出し、胸が締《し》めつけられる。

だが、弥助なしでは、到底済まされなかった仕事であった。

それを思うと素通りもできず、栄三郎は近くへ来た折は必ず立ち寄ることにしているのだ。

だが口の固い弥助は、栄三郎から以前頼まれたことなど、まったく忘れてしまったとばかりに一言も口に出さない。

それが栄三郎にはありがたかった。

寡黙な亭主によく喋《しゃべ》る女房。

名代《なだい》の麦とろも絶品の味であった。

何よりも、人との繋《つな》がりを大事にする栄三郎が、夫婦と交わす軽妙な世間話が、いかにも賑やかな江戸の町の様子を活写していて楽しかった。

〝はつせ〟を出ると浅草奥山へ。時間のないことゆえ、人気役者の河村直弥の芝居を幕見して、見世物小屋、揚弓場《ようきゅうば》を覗《のぞ》いて、

「次は池之端《いけのはた》へ参りましょう。あそこにうまい白玉《しらたま》を食わせてくれる店がありま

してね。そこから見る不忍池《しのばずのいけ》の景色が真によろしいのです」

さらなる遊山《ゆさん》の地を提案する栄三郎に、

「池之端か……」

今までは、栄三郎に言われるがまま、

「それは楽しみじゃ。早《はよ》う連れて行って下されい」

と、はしゃいでいた九郎兵衛が、この時ばかりは返事に思い入れを込めた。

「あの辺りは、あまりお気に召しませぬか」

「いや、その白玉、ぜひとも食べてみたいものじゃ。連れて行って下されい」

九郎兵衛はそう言うと、池之端への道を自ら先に立って歩き始めた。

さすがに暑い中、方々歩き回って疲れ気味の九郎兵衛を気遣い、辻駕籠《つじかご》を拾うつもりの栄三郎であったが、九郎兵衛の足取りは先ほどよりむしろ若やいで見えて、栄三郎は小首を傾《かし》げて後に従った。

やがて追いついた栄三郎に、

「池之端にはちと、曰《いわ》くがござってな……」

九郎兵衛は少し恥ずかしそうに言った。

池之端という地名が出た時の自分の表情の変化を、栄三郎に読まれたと悟ったのであろう。

「思えば栄三郎殿には、わたしの思い出話など、ほとんどしたことがなかったような……」

「そういえばそうですね。以前は八丁堀《はっちょうぼり》の坂本町《さかもと》に住んでおられて、そこから田辺屋の店は近いということで、お咲の手習いの出教授を請《こ》われて赴《おもむ》かれた……。そこまでは承《うけたまわ》っておりましたが」

「そうでしたかな。この年寄りにも、子供の頃もあれば、血気盛りの若い頃もあったということでしてな……」

「では、その血気盛りの若い頃の舞台が、池之端であったということですか」

「ふふふ、今朝御屋敷を出る時に、宮川九郎兵衛、ささやかな賭《か》けを致しましてな」

「ほう……先生も賭け事をなさいますか」

「心の中での賭けでござるよ」

「それはまたおもしろそうな……」

「もし、今日、栄三郎殿が池之端を案内してくれたならば、馬鹿なあの日の思い出話を、そこで栄三郎殿に聞いてもらおう。さもなくば、池之端のことはもう昔のことと忘れてしまおう……。などと賭け申した」

「そういうことですか。なら、わたしが賭けに勝ったようなものだ。ゆっくりと床几《しょうぎ》に腰掛けて、思い出話をお聞かせ願いましょう」

どこか遠くで一雨降ったのであろうか。涼風が吹き抜けて、二人の足取りをさらに軽くしてくれた。

建ち並ぶ寺院の間の道を西へと進むと、やがて上野《うえの》山にぶつかる。

そこから不忍池はすぐ近くだ。

三

その店は池之端仲《なか》町にあった。

不忍池に面している水茶屋で、冷たくした白玉に砂糖をふりかけたものと、美しい茶立《ちゃたて》女《おんな》が名物である。しかし今日は女けは抜きだ。池を見渡せる表の床几に並んで腰を掛けた栄三郎と九郎兵衛は、白玉をひとつ口に入れ、甘くて冷たい食べ心地を楽しんだ。

「うむ、うまい。栄三郎殿が勧めるだけのことはある……」

九郎兵衛は舌鼓《したつづみ》を打ち、きらきらと輝いている池の水面《みなも》をじっと見つめた。

「池の眺めは変わらぬというのに、このわたしはすっかりと髪も白くなり、身も縮《ちぢ》んでしまいました……」

子供の頃、九郎兵衛は下谷中御徒町《したやなかおかち》に住んでいた。父である儒者・宮川九太夫《くだゆう》が、ここに住む御家人屋敷の中に建つ家を借り受けていたからだ。

当時、貧乏御家人は、屋敷内に貸家を建て、これを医者や儒者に貸すなどして、副収入を得ていた。

九太夫は明敏なる息子・九郎兵衛に期待をかけ、湯島切通《ゆしまきりどおし》町にある名高い学問所に十五の時から通わせた。

池之端はその通学路であったというわけだ。

厳格で、息子・九郎兵衛の出世を願ってやまない九太夫に多少の反発はあったが、九郎兵衛自身、学問好きであったし、とにかく親に言われる通り、池之端を往復する毎日を二十になるまで続けていた。

「その二十歳《はたち》の時のことでござった……」

絣《かすり》の着物に綿袴《めんばかま》。腰に小刀を帯し、秀《ひい》でた眉《まゆ》がいかにも聡明さを窺わせる二十歳の頃の九郎兵衛が池之端の道を行く――。

たちまち栄三郎の頭の中に、その光景が浮かんできた。

「いつの頃からか、学問所へ通う途中に、一人の娘と出会うようになりましてな……」

「二十歳の頃に出会った娘、となりますとこれは、浮いた話でございましょうな」

「恥ずかしながらお察しの通りで……」

「何も恥ずかしいことではございませぬ。それが若さではございませぬか」

「この歳になりますと、若さは総じて恥ずかしい思い出となるものでしてな」

その娘は草餅《くさもち》売りであった。

歳の頃は九郎兵衛と同じか、一つ二つ下であろうか——物売りのこととて身形《みなり》は粗末ではあるが、小《こ》ざっぱりとした清潔さにあふれていて、何よりも笑顔が美しかった。

ぱっちりとした目は娘の明るさを表わし、少し厚みのある唇にはそこはかとなく愁《うれ》いが漂っていて、それが娘をいっそう魅力的にしていた。

初めのうちは五日に一度、三日に一度くらいの割合で行き合うだけであった。

「ところが、いつしか行きと帰り、毎日行き合うようになった……」

「それは娘の方が、先生の行き帰りの時分を知るようになって、わざと通るようになったということでしょう」

「後になってそれを知ったが、その時のわたしはそのようなこともわからず、お、よく出会うものだと、会釈《えしやく》をするくらいのものであった」

「そういう誠実な先生に、娘は心を許せるお人だと、ますます惹かれていったのでしょう」

「ははは ッ……！　それも後で娘から聞かされました」

「とにかく先生は、そのうちに草餅を売る娘と親しくなった……」

「はい。草餅を買ってやるようになりました」

池之端の茅町《かや》と仲町の間に空き地があって、そこにあった大木の切り株に腰を下ろし、九郎兵衛は行き帰りに娘から草餅を買って食べるようになった。

「早く私を越えなさい。お前には世に出てもらわねばならぬのだ」

父・九太夫の口癖は、いつしか九郎兵衛に言い知れぬ重圧となってのしかかっていた。

それが、娘と一言二言交わして食べる草餅の味によって、その一瞬どこかへ飛んでしまうような心地がした。

やがていつもより早く家を出て、その分娘と長く言葉を交わすようになった。

娘の名はおきよと言った。

九郎兵衛も名乗ると、

「じゃあ九《く》ろさんだね。九ろさんは難しいことを学んでいるのでしょう」

一度、学問所に入って行く姿を見たのだとおきよは感心してみせた。

儒学とはこのようなものだと言っても、何のことやらよくわからない様子であったが、おきよはとにかく難しいことを学んでいる人は偉いと思っていて、粗野《そや》な口調の中にも九郎兵衛を尊敬する様子が窺えた。

しばらくすると、おきよは絵草紙を持ち歩き、商《あきな》いの傍《かたわ》ら読むようになった。

そして九郎兵衛に会うと、わずかな文章を指し示し、

「九ろさん、これは何と書いてあるんです？」

と上目遣《うわめづか》いに訊ねるのであった。

そんな時、おきよの体から爽《さわ》やかな若草の香りが漂い、九郎兵衛の鼻腔《びこう》を刺激して、彼を何とも幸せな心地にさせた。

それが九郎兵衛の初恋であった。

若い二人はたちまち惹かれ合い、その身を寄せ合った。

不忍池には男と女が人知れず情を交わしに立ち寄る出合茶屋がある。

初《うぶ》で純情な二人であったが、こんな時は女の方が度胸を据えるものだ。

おきよが震える手で九郎兵衛を引っ張って、ある日ここで束の間の一時を過ごした。

「あたしは、勘違いを起こしちゃいないよ。あたしは、九ろさんの出世を邪魔しようなんて思っていないから。あたしは、時おりこんなふうに九ろさんと一緒にいられたら、もうそれだけでいいんだ。だってあたしには二親《ふたおや》はいないし、身寄りもないし、何の取《と》り柄《え》もない女なんだ。だから、あたしは……」

「あたし、あたしとうるさいぞ……」

初めて結ばれた時――。

部屋に射《さ》し込む夕陽《ゆうひ》の赤に、白い裸身を染めながら、武士である九郎兵衛と情を通じたことが、まるで自分の罪であるかのように、おきよは何度も媚《こ》びるように九郎兵衛に訴えた。

その仕草が何ともいじらしくて、九郎兵衛はおきよを抱きしめながら、

「恋に貴賤《きせん》があるものか……」

と厳格な父の目を盗んで、物売り娘と通じてしまった自分自身の及び腰を叱咤《しった》

するように、きっぱりとした口調で宥《なだ》めたものだ。

「そういうことがあったのですか……」

栄三郎は話を聞いて、しみじみとした様子で頷いた。

いつも冷静沈着で、どこからどう見ても人の模範たる風格を漂わせている宮川九郎兵衛に、そのような激しい恋の思い出があろうとは――。

栄三郎は、九郎兵衛にこのような過去があったことをむしろ喜んだ。

さざ波も荒波も乗り越えてこそ人生ではないか。だが、〝思い出〟と言うからには、悲恋に終わったに違いない。

そして、その悲恋は、栄三郎の想像をはるかに上回る波乱に充《み》ちたものであった――。

九郎兵衛とおきよは人目を忍ぶ仲となった。

おきよは神田明神《かんだみょうじん》下の裏長屋に一人で住んでいたが、ここに出入りするわけにもいかない。

出合茶屋など、若い九郎兵衛に何度も行ける所ではない。

寺社の広大な敷地の中の木立《こだち》や祠《ほこら》の裏手で、時に身を寄せ合うくらいしかできない二人であったが、それでも毎日顔を合わせていれば幸せであった。

話を聞くに、おきよは名古屋《なごや》の生まれで、二親に死に別れた後、親類の家に引き取られたが、ここが酷《ひど》い所で、もう少しで身を売られるところを逃げ出してきたというのだ。

途中、旅役者の一座に助けられて、何とか江戸まで辿《たど》りつき、旅役者が江戸の知り人にあれこれ口をきいてくれたことで、今の長屋に住むことができた。

「それから娘一人で、草餅を売り歩きながら生きてきたとは大したものだ」

九郎兵衛はこの娘の傍にいてやりたい。己が手で何とか幸せにしてやりたい。

そう思うようになってきたし、おきよもまた、

「ほんの少しでいいから、読み書きができるようになって、九ろさんにあれこれ教えてもらえるようになりたいんだ」

そう言って、書を読み、地面に木の枝で字を書いて、九郎兵衛から手習いを教わった。

「おきよは、わたしの初めての手習い子だったのですよ……。だが、そんなことはいつまでも親に内緒にしておけるものではない。物売りの娘と何やら怪しい様子になっていると注進する者がいて、父はわたしを厳しく折檻《せっかん》して、頭を冷やせと家に閉じこめた……」

　それでも聡明な九郎兵衛は、そのようなことがあるやもしれぬと、かねてからおきよに言って聞かせていた。

　宮川家が住まいとする貸家は、中御徒町と言われる御家人屋敷街の表通りに面した所に建っている。

　親達はおきよの面体《めんてい》を知らぬ。

　それゆえに、自分の姿が五日見えぬその時は、毎日正午に宮川家の前を通り、

「尾張《おわり》名菓・草餅にございます」

　そう言って通り過ぎるがよい。その時、状況が許せば窓から外へ文を投げるから と——。

「もしもそんなことがあったら、あたしは九ろさんのことを思い切ります……」

　このことを伝えた時、おきよはそう言って泣いた。粗野な言葉遣いもすっかり改まり、九郎兵衛が書く文をしっかりと読み取れるようになっていたというのに……。

「おきよ、二度とそのようなことを口にするな。わたしはお前なしではもう生きてはいけぬのだ。そんなことを言うなら、わたしは死ぬと思うがいい」

「九ろさん……。それでは九ろさんの学問があたしのために……」

「学問は捨てぬ。親から離れたとて、江戸を出たとて、学問はできる。その時は二人して上方へ行こう。京、大坂にも学問で生きる道はある」

「いけませんよ……、九ろさん。あたしという女には九ろさんが生命《いのち》をかけるだけの値打ちなど、どこにも見あたらないんですよ。だから九ろさん……」

「何も言うな。お前の昔のことなど聞きたくない。おきよ、いいね」

かくなる上は、地の果てまでも共に二人で生きていこうと誓い合った九郎兵衛とおきよであった。

そして、九郎兵衛が謹慎させられて、ぷっつりと池之端に現われなくなった五日後に、おきよは九郎兵衛に言われた通り、宮川家の前を、件《くだん》の売り文句を発しながら通り過ぎた。

すると、格子窓の隙間《すきま》から文が投げ落とされた。

喜び勇んでおきよがそっと拾ってみると、果たしてそれは九郎兵衛の手によるもので、文には謹慎させられている由《よし》が記されてあり、さらに五日後の正午に来てくれるようにとのことであった。

さらに五日後――。

おきよは再び、物売りの口上よろしく表を通った。

九郎兵衛はこの時、そっと窓から顔を覗かせておきよを見つめると、また文を外へと落とし、拾うおきよを確かめて、

「心配するな……」

と目で語った。

その文には、三日の後の夜明けに、浅草竹《たけ》町の渡し場で待つ。ともに上方へ……。と記してあった。

謹慎させられて以来、九郎兵衛はひたすら反省の体《てい》を装い、九太夫もまさか、学問一途《いちず》で来た優秀な息子が、自分を欺《あざむ》いて物売り娘と駆け落ちをしようなどとは夢にも思っておらず、二日後に下総《しもうさ》佐倉《さくら》の大名・堀田《ほった》家に招かれての講義に出かけることにした。

この間隙《かんげき》をついて、九郎兵衛は家を抜け出し、駆け落ちをしようと思いたったのだ。

「宮川先生が駆け落ちを……」

話を聞くうちに、栄三郎は手に汗を握った。同じ思い出話でも、宮川九郎兵衛ほどの者が話せば話の組み立て方が巧《たく》みで何ともはらはらさせられる。

「いやいや、お見それ致しました。それで、そのおきよ殿を連れて上方へ……」

「それが、あの日格子窓の隙間から見つめたおきよの顔が、見納めとなった……」

「では、竹町の渡しにおきよ殿は？」

「ついに現われなんだ……」

「そうでしたか……。やはり先生の行く末を気遣ってのことだったのでしょう」

「そうだと思ったものの、わたしはどうにも諦《あきら》めがつかずに、神田明神下の長屋におきよを訪ねた……」

しかし、おきよは長屋からも消えていた。

思いあたる所は一通り当たってはみたが、おきよの姿はどこにもなかったのだ。

「あれだけ苦楽を共にと誓い合ったおきよが、理由《わけ》も告げずに江戸から消えてしまったとは……。わたしはもう生きている気力さえ失って、そのまま一人で旅に出て、危うく野垂《のた》れ死ぬところを旅の僧に助けられた」

旅僧は九郎兵衛の話を聞くと、

「命がけで惚《ほ》れ合った女のことを信じてやるがよい。こなたの許へ行かなんだのには、何か理由があったのに違いない。それが何であったのかは一生わからぬかもしれぬが、ひとつだけわかっておることは、その女はこなたに立派な男になってもらいたい。そう願っているに違いないということだ」

そう言って、江戸まで九郎兵衛を連れ帰ってくれたのである。

「その後、わたしは父に頭を下げて、また元の暮らしに戻ったというわけです……」

学問所を途中でやめたことなどが尾を引き、それからの宮川九郎兵衛の儒者としての道筋は回り道の連続であったものの、晩婚ながら妻《めと》も娶った。

その妻には早くに先立たれたが、子供の太郎次郎は優秀で仕官も叶い、上田の地で妻を娶って孫にも恵まれた。

「だが栄三郎殿、あの日以来、この池之端には一度も来てはいなかったのじゃよ。ここへ来ればおきよのことが思い出されて、なぜわたしと一緒に逃げようとせず、一人でどこかへ消えてしまったのか、今でも恨みがましい想いが出るのではないか……。そんな気がしましてな。それが今日、ここで栄三郎殿にすべてを話したことで、恥ずかしい思い出のひとつとして、心の隅に追いやることができました。ほんにありがたい……」

晴れ晴れとした表情で、九郎兵衛は栄三郎に威儀《いぎ》を正して一礼した。

「そう改まった物の言いようをなされますと、こちらが恐縮致します。いや、真に、先生の大事な想い出話を伺《うかが》うことができて幸せにございます」

「何の、忘れて下され。年寄りの色恋の思い出など、聞かされる方はたまったものではござるまい。さて、これで池之端も見納めじゃ。栄三郎殿、次はどこへ参りましょう」

「いえ、今日はもうどこへも参らずに、この池之端界隈《かいわい》を方々訪ねてみましょう」

「何と……」

「わたしにはどうもその、おきよさんのその後のことが気になって仕方がないのです」

「気になるといっても、もう四十年余り昔のこと。この辺りのどこを廻《まわ》っても、おきよの面影《おもかげ》は欠片も残っておらぬはず……」

「そうでしょうか。お話を伺うに、おきよさんが約束の場に行かずに、いずれへか消え去ったのには、何か深い理由《わけ》があったはずです」

「そうであったと思いたい」

「だとしたら、おきよさんはその後、宮川先生の面影を求めてこの池之端に来たことものあったのでは……」

「さて、それはどうかな……」

「姿を見せぬまでも、人伝《ひとづ》てに先生の噂を求め続けたかもしれません」

「四十年も前のことじゃよ」

「だがこうして、先生もここにおられるではありませぬか」

「う～む……」

「いつか先生に想いが届くことを祈って、おきよ殿はここに何かを残し続けていたかもしれませぬ。わたしは取次屋という仕事を始めてひとつ学んだことがあります。人の縁は思わぬところで繋がっているということです。それに気付くか気付かぬか……。それで人の幸せは変わってしまうようです」

「なるほどのう……」

「今日、わたしが池之端へ先生をお誘いした。その時からもう、先生とおきよ殿の縁は再び繋がっていたのではないか。わたしはそんな気がしてならないのです」

「四十年か……。この間わたしはこの道を避けて通ってきた。だが、わたしが再びここを通ることをもしおきよが待っていて、なぜあの日、竹町の渡しに行けなかったか、わたしに伝えようとしてくれていたとしたら……。いや、そのようなことが……」

「あるやもしれませぬ。先生、参りましょう」

栄三郎は床几から立ち上がって、九郎兵衛に頬笑《ほほえ》んだ。

――勢津《せつ》。

九郎兵衛は心の内で亡妻の名を呼んだ。

――今日一日の思い出話じゃ。許せよ。

栄三郎の笑みに、苦笑いで応《こた》えると、九郎兵衛もまた立ち上がった。

依然、涼風は江戸の町を吹き抜け、不忍池の水面を揺らし、歩く二人をやさしく後押ししてくれた。

四

「先生、この辺りですか……」

「はい、ここに間違いはないのですが、随分と変わってしまいましたな」

不忍池が見渡せる水茶屋を出て、栄三郎は九郎兵衛の供をして、西へと歩いた。

仲町と茅町の間にあった空き地を訪ねた二人であった。

この空き地にあった切り株に腰を掛け、若き日の九郎兵衛は、おきよから買い求めた草餅を飽きずに食べたものだ。

おきよと世間話ができるようになるまで、何個食べたことかしれない。

いつしか毎日、二人の出会いの場となった空き地には、欅《けやき》だとか柳の木が雑然と生《は》えていて、小鳥が愛らしく囀《さえず》っていた。

あの切り株も今はなく、数軒の家屋が建ち並んでいた。

「やはりここだ……。いつまでも空き地であるはずはござらぬの……」

予想はしていたものの、落胆の色を隠せない九郎兵衛であったが、思い出の場所に四十数年ぶりに立っていることの感慨《かんがい》の深さが落胆を凌駕《りょうが》していた。

「思えば、毎日毎日学問所に通っていた頃は、何もかもが物珍しく、楽しかったことじゃ」

辺りを見廻す目は生き生きとしていた。

栄三郎も九郎兵衛から離れて、その辺りを注意深く見廻ってみた。

提灯《ちょうちん》屋、傘《かさ》屋、瀬戸物屋……。小体《こてい》の店が数軒建ち並んでいる。

その向こう側には長屋があるようだ。

栄三郎はさらに歩を進めてみた。

「ここには絵草紙屋がありますね！」

それらの店から少し離れた所にある二間《けん》（約三・六メートル）ばかりの間口の店に、何冊かの絵草紙が並べられてある。

「ほう……。あの頃にこの店があったなら、おきよも随分と喜んだことであろうに……」

栄三郎が呼びかけるのに、九郎兵衛はぽつりと言った。絵草紙を持ち歩いては、書いてある字を訊ねたおきよの姿を思い浮かべて、九郎兵衛は口許を綻《ほころ》ばせた。

栄三郎は絵草紙屋を覗いてみた。

店には人がおらず、

〝ご用のおりは　および下されたくそろ〟

と、美しい水茎《みずぐき》によって記された立て札が店先に置いてある。

「奥で何かしているのか……」

栄三郎は興をそそられて、さらに土間へ入り、奥を覗き込むと、数人の幼げな

童女達が、

「さようなら！」

と元気な声をあげて、奥から勢いよく出てきた。

栄三郎が慌てて表へ出てこれをやり過ごすと、奥から子供達を見送って、一人の女が出てきた。

どうやらこの屋の女主人であるようだ。

今は、子供達に奥の一間で読み書きを教えていたようで、それゆえの件の立て札であったのだ。

「ああ……これはお越しでございましたか。ご無礼を致しました」

女主人は栄三郎に気付いて、にこやかに小腰を屈《かが》めた。

「ああ、いや、通りがかりに覗いただけだ。手習いの最中、邪魔をしたな」

栄三郎は少しはにかんだ。

女主人の笑顔が爽やかで、あまりに涼しげだったからである。

歳の頃は三十の手前であろうか。

大きくぱっちりとした目に、少し厚みのある唇――若やいだ挙措《きょそ》からすると、もう少し若いのかもしれない。

栄三郎は絵草紙屋の主を美しい女だと思った。

「この店は、いつからここに……?」

「はい、もう三年になります」

「そいつは気がつかなかった……」

仲町の白玉を食べさせてくれる水茶屋には何度か行ったことがあったが、思えばこの辺りまで足を延ばすことがなかったからか、この絵草紙屋を初めて知った栄三郎であった。

「あちらはお連れさまで……」

女主は、栄三郎の方へゆっくりと歩みを進める九郎兵衛を見て問うた。

「ああ、あの御仁に言わせると、昔、この辺りは空き地で、切り株に腰を掛けて、よく草餅を食べたそうな」

栄三郎がそう返すと、絵草紙屋の女の顔がたちまち輝いた。

「お連れさまは、ここの昔をご存じなのですか……」

そして、九郎兵衛には少し愁いを含んだ表情を向けて小腰を屈めてみせた。

その時――なんということであろうか。

宮川九郎兵衛の目から、とめどなく涙が溢《あふ》れ出たのである。

「おきよ……」

まさか、今自分に会釈する女が、おきよであるはずがないことはわかっている。

おきよが生きていれば六十にもなっていよう。

だが、目の前にいて九郎兵衛を見つめる女の顔は、おきよにそっくりなのである。

こうして毎日おきよと行き合った。

おきよの左手の方は不忍池、右手の方には湯島天神社《ゆしまてんじん》の社殿が見えたものだ。

あの日の空き地はすでにないが、かつて何度も通ったこの道の遠景は変わっていない。

そこにあの日のおきよが立っていた。

栄三郎は、まじまじと九郎兵衛の様子を見るばかりであったが、驚いたことに、絵草紙屋の女の大きな瞳にも涙が溢れ出したではないか――。

「もしや……。もしや、あなた様は、宮川九郎兵衛様ではございませんか……」

溢れる涙を袂《たもと》で押さえ、女は振り絞《しぼ》るような声で九郎兵衛をじっと見つめて問うた。

「いかにも……。宮川九郎兵衛じゃ」

九郎兵衛は静かに答えた。

今ここで起こった、奇跡とも言える巡り合いを、九郎兵衛は冷静に受け止めることができた。人の縁は思わぬところで繋がっているものだ――秋月栄三郎のあの言葉があればこそ。

「そういう貴女《あなた》は、もしやおきよ殿の……」

「はい。娘のくらと申します」

「やはり……。してそなたの母は今……」

「母は五年前に亡くなりました」

「そうであったか……」

名乗り合い、互いの素姓《すじよう》が明らかになると、張り詰めた心と心が溶け合って、そこで出るのは言葉ではなく、やはり涙であった。二人はしばし、心地良く涙を流し合い、何をどこから話そうかと、ただ無言で頷き合った。

――やはりそうだ。おれが池之端に宮川先生をご案内しようと思いたった時から、先生とおきよ殿の縁は再び繋がっていたのだ。

これは偶然ではない。この池之端という地におきよという女が、いつか九郎兵衛が気付いてくれることを信じて、その面影を残し続けていた。それだけのことなのだ。

栄三郎は潮《しお》を見て、九郎兵衛とおくらの間に入った。

三年前からあるというこの絵草紙屋に、おきよの娘がどのようにして辿りついたのか、まずはゆるりと聞かねばなるまい。

やがて三人は、絵草紙屋の奥の、先ほどはおくらが子供相手に読み書きを教えていた一間に入った。

〝ご用のおりは　および下されたくそろ〟

件の立て札は置かれたままであった。

「そなたが書かれたのかな……」

店に入るや、九郎兵衛がよい手じゃと誉《ほ》めた立て札は、どこか誇らしげに見えた。

「いつかお会いできると、今日まで信じておりました」

気持ちも落ち着いて、栄三郎と出会った時の爽やかな明るい表情に戻って、おくらは九郎兵衛に頰笑んだ。

「そなたの母親はどのような暮らしを送っていたのかな……」

何よりもまず知りたかったおきよのそれからを、九郎兵衛は胸の鼓動を抑えつけながら問いかけた。

「わたしのことをそなたには何と……」

「母は、ただただ、あの日宮川九郎兵衛様と生き別れてしまったことを、申し訳なかったと気に病んでおりました……」

母一人娘《こ》一人――おきよとおくらは常陸《ひたち》・取手《とりで》の宿で暮らしていた。

五年前におきよが病に倒れ、余命いくばくもないと悟り、その死に臨《のぞ》んで娘に打ち明けた思い出話こそ、宮川九郎兵衛との悲恋であった。

「あの日、母は竹町の渡し場に何としても行くつもりでいたのです……」

「それが、のっぴきならぬことが起きた……。そういうことだったのですね」

栄三郎が、九郎兵衛に代わって話の道筋を導いた。

終始冷静を保つ九郎兵衛であったが、四十余年の間わからなかったあの日のおきよの真相に触れ、さすがに気が張り詰め、喉《のど》はからからに渇《かわ》ききっていた。

「はい。お約束をした前の日の夜に折悪く、母は会ってはならない男達に行き会ってしまったのです」

「その男達とは?」

「掏摸《すり》の一味だったのです……」

「掏摸の一味……」

五

おきよはその出自《しゅつじ》について、宮川九郎兵衛にひとつだけ嘘《うそ》をついていた。

尾張名古屋の城下に生まれたおきよは、二親に死に別れた後、親類の家に引き取られたが、酷い親類に売りとばされそうになり、そこから逃げて江戸へ来た——。

九郎兵衛はそう聞かされていたのであるが、天涯孤独のおきよを育てたのは、名古屋を縄張りとする掏摸の頭目・蜈蚣《むかで》の才三《さいぞう》であった。

物心がついた時には才三一家の使い走りをしていたおきよは、十五の時にいよいよ掏摸の技を仕込まれた。

おきよには天性の掏摸の才があったようだ。その出来は、才三を唸《うな》らせるほどのものであった。

「こいつは拾い物だったぜ……」

才三は本腰を入れて、おきよを掏摸として養成し始めた。

しかし、おきよは掏摸になどなりたくはなかった。ごく普通の娘として、貧しくとも真《ま》っ直《す》ぐ胸を張って暮らしたいと思った。

とはいえ、二親に逸《はぐ》れ、掏摸の一味にいることで身を売ることもなく、何とか生きてこられたのだ。

蜈蚣の才三には育ててもらった恩があったし、無学で普通の暮らしを知らずに生きてきたおきよには、このまま才三一家の身内となるしか道はなかった。

それでも物心ついた時から掏摸の一味に身を置き、その仕事に浸《つか》ってきた娘にしては珍しく、おきよの心は荒《すさ》んでいなかった。

十六になった時。

名古屋に流れてきた旅役者の一座にまぎれこみ、まんまと才三の許から逃げ出したのである。

そして、旅役者達の温かい人情に触れ、おきよは江戸で草餅を売りながら暮らす術《すべ》を得た。

「そうして、母は宮川様と出会ったのでございます……」

おくらの話を聞いて、九郎兵衛は合点《がてん》がいったと嘆息した。

「そうか、おきよはその前の日の夜、才三なる掏摸と出会い、わたしに難儀をかけまいと……」

「はい。元より掏摸であった女が、立派に学問をお修めになっておられるお武家様と添い遂《と》げようなどと思ったことがいけなかったのだ、浅はかだったのだと、宮川様には何も告げる間もなく、母は才三から逃げ、江戸から姿を消したのでございます」

死に際《ぎわ》に、母から打ち明けられた話によると、蜈蚣の才三は江戸で一稼ぎをしようと名古屋から出て来たところ、おきよの姿を認めたのだ。

「腕のいいあのおきよを逃がしてなるもんかい」

と、執拗《しつよう》に追いかけてくる才三から逃れるには、そうする他に道はなかったのだ。

「おきよ……。さぞや辛《つら》かったであろう。わたしは掏摸でも何でも、おきよの昔のことなどどうでもよかった……。正直に言ってくれたらよかったものを……」

嘆き悲しむ九郎兵衛を、

「先生、おきよ殿はそれだけ先生のことが好きだったのですよ。惚れた男にこれだけは知られたくない。そんなことのひとつやふたつ、女なら誰でも持っているものですよ」

栄三郎は優しく慰《なぐさ》めた。

「ふッ、ふッ……。そうかもしれませぬのう。だがわたしは、惚れた女の難儀をこの手で助けてやりたかった……」

「その想いは今、おきよ殿に届きましたよ。おくら殿、そうであろう」

「はい、仰《おお》せの通りでございます。母が喜ぶ顔が目に浮かびます」

目に浮かぶも何も、今のおくらの嬉しそうな表情がまるでおきよの喜ぶ顔そのものだと、九郎兵衛は何度も何度も頷いて、

「今のおくら殿の様子を見ると、その後おくら殿の母御は、掏摸達から逃れて幸せに暮らされたと見えるが……」

「はて、幸せといえたかどうかはわかりませぬが……」

「いや、幸せであったに違いない。さもなくば、おくら殿がこの世に生を受けた意味がのうなる」

「母が宮川様と添い遂げていたら、私《わたくし》はこの世に生を受けていなかった……。そう思いますと、何と申せばよいやら……」

「いや、このわたしもそなたの母も、収まるべき縁に収まったということなので

あろう。そうに違いない」

九郎兵衛は己が心に言い聞かせた。

蜈蚣の才三から逃れたおきよは、以前世話になった旅役者が、成田山新勝寺《なりたさんしんしょう》門前で小屋掛けしていると聞き及び、一座を追ってそこに身を寄せ、しばらくの間、共に暮らして旅をした。

そのうちに、才三一家が江戸の地で、火付盗賊改の手によって一網打尽《いちもうだじん》となり、蜈蚣の才三は獄死したとの報《しら》せを受けた。

これによって自由の身となったおきよであったが、さすがに江戸へは戻れなかった。

常陸・牛久《うしく》の宿で旅役者と別れた後は、この旅籠《はたご》の女中として働いた。

宮川九郎兵衛に手ほどきを受けた読み書きは、九郎兵衛と別れてからも欠かしたことはなかった。

書を見つけては読み、筆をとっては紙にその字を書き写した。

読み書きをしていると、おきよは九郎兵衛の傍にいるような気がしたのだ。

掏摸の才があると言われたこともそうだが、おきよはどうやら生まれつき手先指先の動きが人より細やかにできていたようだ。

その達筆ぶりがひとつの〝芸〟となり、筆が立つおきよは旅籠では重宝《ちょうほう》された。

それが宿場の人の目に留まり、そもそも器量よしのおきよを女房にしたいと望む男達は引きも切らず現われたが、

「あたしは、字を書くことしか能のない女ですから……」

おきよはいつもそう言って、男達を寄せつけなかった。

しかし、何かと親身になって面倒を見てくれた旅籠の主夫婦の息子の嫁が急《きゅう》逝《せい》し、主夫婦からその後添いになってやってくれと、たって望まれては断り切れなかった。

そっと江戸の様子を件の旅役者達が教えてくれたところによると、宮川九郎兵衛なる浪人は、儒者である父と同じ道を歩み、今では妻も迎えたとのこと。

もはや九郎兵衛とおきよの恋は〝思い出〟となった……。

おきよは世話になった旅籠の主夫婦の頼みを聞き入れて、その倅と所帯を持ち、二人で旅籠を継いだのであった。

ちょうど九郎兵衛と別れてから十年の歳月が流れていた。

二年後にはおくらも生まれた。

不幸な幼少期を経て、初恋の相手との悲恋を乗り越え、やっと幸せな日々がやってきたかと思われたが、旅籠を継いだ夫は次第に酒色におぼれるようになり、酒に酔ったあげく掘割に落ちて、おぼれて死んでしまった。

「父は母を後添いに迎えてから、家業を母に任せて遊び呆《ほう》けていたそうです。私は父の顔をまるで覚えておりません」

幸せといえたかどうかはわからない――おくらがおきよのことをそう評したのは、無理からぬことであった。

やがて、馬鹿な息子の後添いに願ったことをおきよに詫《わ》びつつ、主夫婦も次々とこの世を去り、おきよには旅籠と一粒種のおくらが残った。

おくらは母の影響を受けてか、読み書きが好きで、せっせとこれに精を出した。

旅籠に泊まる学者文人には必ず教えを請うたゆえに、牛久ではちょっとした才女として知られるようになった。

おきよは、そうして婚機を遅らせていくおくらの身を案じたが、難しい書などを読みこなすようになっていく娘の成長を喜び見守った。

「そして、母は病に臥《ふ》せるようになり、ある日私は母の心の奥底に生き続けるお方のことを訊ねてみたのでございます」

「おくら殿にはどうしてそれが……」

九郎兵衛は、おきよの心の内に生き続けている男の存在を何故《なにゆえ》にわかったのか、おくらに問うた。

「子供の頃から母の姿を見ておりましたから……」

おくらは清々《すがすが》しい笑顔で応えた。

「書を読む時、筆をはしらせている時、母はいつも誰かと共にいました。誰かに話しかけていました。それはそれは楽しそうに……」

おくらは成人した後、それを問い詰めたことがある。

「いやですよう。誰かを想って読み書きなどしていませんよ」

おきよはそれを一笑に付したが、なおもおくらが問うと、

「もしお前にそのように見えたのなら、きっとあたしが初めて読み書きを教えてくれたお方に、今も心の中でお礼を言い続けているからじゃあないだろうかねえ」

「そのお方の名は？」

「ふふふ、宮川九郎兵衛という偉い先生ですよ。あたしはその先生の初めての弟

子……。それが何よりの自慢ですよ」

おきよは恥ずかしそうに、しかし、顔をぱッと輝かせながら、初めて宮川九郎兵衛の名を口にしたという。

「はい……。確かに、確かにわたしの初めての弟子でした……」

おきよの生前の言葉を聞かされて、一旦《いったん》引いた九郎兵衛の涙の腺が再び緩《ゆる》んだ。

おくらにはそれが、おきよの初恋の相手であったに違いないと思われた。

それゆえにこれ以上は聞くまいと、その後は宮川九郎兵衛の名を一切《いっさい》母の前では出さなかった。

しかし、おきよが文机《ふづくえ》に向かっている時は、

「ああ、おっ母《か》さんは今、宮川様に会っているのだわ……」

いつもそう思っていたという。

横で話を聞いていた栄三郎は、母と娘の心のやり取りの美しさに、うっとりとする想いであった。

「そうして、おくら殿は、おきよ殿の死に際して、その出自も含めて、宮川先生とのことなど、余さず聞いたのだな……」

栄三郎は、声を詰まらせる九郎兵衛を労《いたわ》るようにおくらに言った。

「はい……。そして私は旅籠を人に譲って江戸に出て参りました。母が夢に見ていたこの池之端に住んで、ここで母が好んだ絵草紙を商い、書を読み、筆をとり、子供達にそれを教えて……。いつの日か、昔を偲《しの》ばれて宮川先生がここにお立ち寄りになるのではないか……。そんな淡い期待を胸の内に忍ばせながら……。先生、ありがとうございます。母、きよのことを忘れずにいて下さったのですね」

おくらは深々と宮川九郎兵衛に頭を下げた。

九郎兵衛は、中御徒町の貸家を出た後、何軒か転居したゆえに、いつしかおきよにはその消息も知れぬようになったのであろう。

おくらが九郎兵衛に会うには、この池之端の地に縋《すが》るしかなかったのだ。

父の顔を知らぬおくらは、母を泣かせた挙句《あげく》に掘割におぼれ死んだ実父よりも、会ったことのない宮川九郎兵衛こそが、自分の父であるような……。そんな憧憬《しょうけい》に心を揺らしてきたのである。

それほどまでに密《ひそ》かに自分を慕《した》ってくれている女子《おなご》がいたというのに、

「危うく会えぬまま、上田に帰ってしまうところであった……」

九郎兵衛とおくらは、まるで父娘のように以心伝心《いしんでんしん》――二人揃《そろ》って、秋月栄三郎に頭を下げた。

今日の出会いを取り次いだ、何よりの恩人に……。

「はははは、こんなに気持ちがいいことはありませんよ。先生、これでもう江戸は見納めなどと言わないで下さいよ。ここには先生の一番弟子の娘がいる。放ってはおけませぬよ。まあ、わたしも同じ手習い師匠として、この先、色々と力になるつもりではありますが……」

興奮収まらぬ九郎兵衛とおくらの間に入って、栄三郎は愉快に笑った。

この笑い声で今までどれだけの人の輪が築かれたことやしれぬ。

「取次屋か……。栄三郎殿、こなたは大した仕事を始めたものじゃな」

九郎兵衛に、いつものかくしゃくとした声の響きが戻った。

その時――おくらは九郎兵衛の学問の弟子となった。

わずかな時を共にしただけで、師弟の礼を取ることとてあるのだ。

ましてやおくらは、もう二十年以上もこの師の影を追い求めていたのである。

絵草紙屋の一間に幸せが充満していたその時であった。

「おくらさんはいるかい……」

表で呼ぶ声がした。

絵草紙を求める客が来たようだ。

「はい！　ただ今……」

おくらは、すぐに戻りますと、栄三郎と九郎兵衛に一礼をして店先へと出たが、この二人はそれなりに世の中を渡ってきている。

おくらの表情に一瞬にして漂った当惑の色を見逃さなかった。

栄三郎と九郎兵衛は目を見合った。

外から聞こえてきた声は、どうも〝おもしろくない〟響きをはらんでいた。

「おや、お客さんかい……」

言葉の様子から察するに、絵草紙を求める客ではないようだ。おくらに親しげに話しかけつつ、奥の一間にいる栄三郎と九郎兵衛が気になるようだ。

栄三郎にはその言葉もおもしろくない――。

ぐっと身を乗り出して、そのおもしろくない声の主《ぬし》の姿を見た。

そこには四十半《なか》ばの痩《や》せぎすの男がいて、舐《な》めるような目をおくらに向けていた。

男はよい身形をしているが、鼻も頬も口も顎《あご》も、顔全体が尖《とが》っていて、栄三郎の目からは何ともいけすかない男に見えた。

供を一人連れているのだが、いかにも商家に出入りしている、勇み肌を気取った若い衆といった様子で、こ奴《やつ》もどこか、クソ生意気である。

「おくらさん、そろそろ色よい返事を聞かせておくれよ。その返事次第じゃあわたしも、あれこれ考えないといけないのでねえ……」

痩せぎすがおくらに言った。

その口ぶりで、こ奴がおくらに言い寄っていることは明らかであった。

栄三郎ははっきりと自分の姿が見えるように、店先へ出て絵草紙を手に取って眺め、ついでに痩せぎすをジロリと見た。

思わぬ剣客ふうの登場にたじろいだ痩せぎすは、おくらの返事を待たず、

「まあ、今度来る時までには、お願いしますよ……」

そう言い残すと、若い衆を連れて去って行った。

途端、おくらは大きな溜息《ためいき》をついた。

奥から九郎兵衛も出て来て、

「今の男はいったい何者ですかな」

心配そうに訊ねた。

「あのお方は茶道具屋の角蔵《かくぞう》さんといいまして、この絵草紙屋の地主さんなのです」

おくらはしょんぼりとした様子で答えた。

「実は、私を後添いに望んでおられまして……」

三年前に江戸へ出て来て、この一軒を借り受けたおくらであったが、その才色兼備をたちまち角蔵に見初《みそ》められて、言い寄られているらしい。

角蔵は五年前に妻と死別後、金にあかして次々と女をこしらえていたのだが、ここへ来て遂《つい》に〝後添い〟という切り札を、おくらにぶつけたのである。

「あんないけすかない男に嫁ぐつもりは毛頭ありません。丁重にお断りをしておりましたが……」

角蔵は業《ごう》を煮やし、

「そういうことなら、この家から出て行ってもらうしかありませんね」

と立ち退《の》きを迫ってきたのである。

「出て行けと言われればいつだって出て行ってやりますが、ここはやっとの思いで手に入れた、母の思い出の場。子供達の手習いの場にもなっておりますし、何とも困っております……」

「今日ここでこうして会えたのじゃ。気にそぐわぬ相手に嫁ぐくらいなら、手習い所を他所《よそ》に移したとてよかろう」

嘆息するおくらを、九郎兵衛は励ました。

近く信州上田に戻らねばならぬ身ではあるが、これからは秋月栄三郎が相談に乗ってくれよう。

九郎兵衛は栄三郎にそれを願ったが、

「いや、そんな理不尽な理由で出て行くことはありませんよ」

そのような狡猾《こうかつ》な奴なら、出て行くと言えばそれはそれで、次の借り主が決まるまでの間の店賃《たなちん》を納めろなどと、どんな無理難題をふっかけてくるやもしれない。

どうせ役人も飼い慣らしているに違いないのだ。すんなりと事が進むとも思えないのであれば、おくらを後添いになどと願う、あの痩せぎすの身の程知らずを正してやり、この先は健全なる地主と店子《たなこ》の暮らしに戻るように図るのが何よりだと栄三郎は言うのである。

「でも、そんなことが……」

「まあ、わたしに任せておいて下さいな。相手は茶道具屋だ。いい考えがある……」

ニヤリと笑う栄三郎を見て、九郎兵衛とおくらは顔を見合わせて首を傾げた。

──何を考えているのやら。真におかしな男じゃ。

九郎兵衛は、今日のおくらとの劇的な出会いの興奮が、栄三郎によって心地よく平《なら》されていく妙な感慨を覚えた。

それはおくらも同じで、初めて会った二人であるのに、数年来親しく付き合ってきた──そんな不思議な気持ちにさせられるのだ。

不忍池をきらきらと輝かせていた陽光は、すでにゆっくりと暮れ始めていた。

六

「まあそこを何とか旦那《だんな》様、料簡《りようけん》してあげてやって下さいませんかねえ……」

「お前さんもしつこい人だね。おくらさんとはどのような関わりがあるかしらないが、出過ぎた口を挟まないでもらいたいねえ」

「いえ、おくらさんは、あっしが世話になっている旦那の親類にあたりましてね。出て行けなどと言われたらさぞおくらさんも困るであろうと、気に病んでおりまして……はい」

「だからそれはこっちの話ですよ。帰っておくれ。まったくおくらさんも、こういうわけのわからない人を寄越《よこ》すなど、どうかしていますよ」

痩せぎすの角蔵が営《いとな》んでいる、茶道具屋〝一角堂《いっかくどう》〟は、茅町の福成寺《ふくじょう》と教證寺《きょうしょう》の間にある。

近隣の数家の大名屋敷へ出入りしている、なかなかの老舗《しにせ》である。

角蔵に、おくらの絵草紙屋の立ち退きを思い止《とど》まってやってくれないかと店先で懇願《こんがん》しているのは又平である。

だが、おくらが後添いになってくれるならあの絵草紙屋を立派な手習い所にするから、茶道具屋の女房に収まった後も手習い師匠を続ければよい――そこまで言っているのに、首を縦に振らないのなら出て行ってもらうしかない。

おくらならばと割安にしていた店賃の差額も、二年分に亘《わた》って返してもらうつもりの角蔵であった。

又平の願いなどけんもほろろで、叩《たた》き出してやると、店の者に町内の威勢のよいのを呼びにやらせた。

「とにかくこんな所に居座られたら迷惑だ。お引き取りを……」

たちまち、印半纏《しるしばんてん》に腹掛《はらがけ》、紺の股引《ももひき》をはいた火消の連中が三人やって来て、

「おう、お前、このお店《たな》に因縁《いんねん》をつけに来やがったのか、とっととうせろ」

と、又平に凄《す》ごんだ。

「いや、もう少し話を聞いて下せえよ。話を聞けばこちらの旦那だって……」

「やかましいやい！　うせろと言ったらうせやがれ！」

若い衆は、又平をたかが素町人一人と見て取って、利《き》き腕《うで》をとって外へ引きずり出そうとしたが、そこへ入って来た剣客ふうの武士によって逆に突きとばされた。

「な、何をしやがるんでえ！」

いきり立つ三人であったが、武士はたちまち大刀の鐺《こじり》で若い衆を突き伏せた。

この武士は秋月栄三郎――町火消とは名ばかりの破落戸《ごろつき》とは格が違う。

「何だい、お前さんは昨日、絵草紙屋にいた……。だ、誰か、御役人を呼んでおくれ……」

破落戸の次は飼い慣らした役人――。

こんな奴はどこにでもいるクソおやじだ。

吐き気がするのを堪《こら》えつつ、

「黙れ！　無礼者めが！」

栄三郎は武家の威厳をこめて一喝した。

「へ……」

はったりにしろ、武士のこの一言はなかなか効《き》く。角蔵が一瞬にして沈黙し、店の者達も水を打ったように静かになった。

「まずこの御方の話を聞くがよい」

すると栄三郎に続いて、坊主頭に媚茶《こびちゃ》色の着物に黒の紋付き羽織を着した大柄の男が一人入って来た。

「一角堂の主とはそなたか」

ぎらぎらと光る目は鋭く、人を圧する声音《こわね》である。

「わたしは御数寄屋坊主《おすきやぼうず》の宗春《そうしゅん》と申す者にて……」

「お、御数寄屋坊主の……」

角蔵は宗春という名を聞いたことがある。

江戸城に出仕する大名に茶を給したり、身の回りの世話をする茶坊主であるが、下谷界隈ではその名が通った暴れ者である。

立派な公儀直参《じきさん》、直《じか》に大名と接するだけに、この男に睨《にら》まれると、舌先三寸でどんな目に遭わされるかわからないのだ。

「いかにも宗春でござりまする。今、主殿が若い衆に頼んで引きずり出そうとしたのは、この宗春が遣いの者にござりまするが、何か粗相がござったか」

「あ、いや、申し訳ござりません。何やら思い違いをしていたようで……」

角蔵はしどろもどろになり、栄三郎と又平にぺこぺこと頭を下げた後、はっとして、

「ということは、おくらさんのご親類というのは……」

「左様、この宗春がことじゃ」

「さ、さ、左様でございましたか……。どうぞ、まずは奥へお上がり下さいませ」

角蔵は、とんでもない女に言い寄ってしまったと、ほぞを嚙《か》んだ。

「ゆるりともしておられませぬでな。ここでご返答頂きましょう。思い違いであったならもう一度申しましょう。おくらを後添いに迎えたいとのことじゃが……」

「戯《ざ》れ言《ごと》でございます！　少し、笑わせようとしただけでございまして……」

その返答に宗春は豪快に笑った。

「わァ、はッ、はッ、はッ……。そうでござったか……。戯れ言か。では、今の家から出て行けという話は……」

「ははははッ……。それも戯れ言に決まっておりましょう……。ふふふ……」

「何とそれも戯れ言とな。はッ、はッ、はッ……」

「ははははッ……」

宗春が笑うのに、角蔵をはじめ店の者達は追従笑いを放った。

栄三郎と又平はそれを冷やかに眺めている。

「馬鹿野郎！　下らねえことを吐《ぬ》かすんじゃねえや！」

笑い声をあげさせるだけあげさせておいて、宗春は一転、雷《いかずち》の如《ごと》き怒鳴り声をあげた。

その胴間声《どうまごえ》は店の者達をその場に凍りつかせた。

「おう一角堂、手前がおくらに岡惚れした挙句に、あれこれ嫌がらせをしたってことはわかっているんだ。出て行けと言うなら出て行ってやってもいいが、お前の店が、どのお大名屋敷に出入りしているかはこっちもご同業だ、何もかも知っているんだぜ。いつか御城中でお殿様のお世話をさせて頂く時が楽しみだ。この宗春が舌先三寸で、手前の店など潰《つぶ》してやるから覚悟しやがれ！」

河内山《こうちやま》宗春、店先の框《かまち》に腰を下ろし、一気にまくしたてた。

「へへぇ〜ッ……！　もう戯れ言は金輪際《こんりんざい》申しません……。今の店賃も半分とさせて頂きますので、どうかおくら様におかれましては、末永く手前どもの地所にお住まい頂きたく存じまする……」

角蔵はあたふたと、心付けなどを包んだりして、出来うる限り宗春の機嫌を取り結んだ。

たちまち宗春は相好《そうごう》を崩し、

「この後、おくらのこと、よろしゅうに、な。頼みましたぞ……。では秋月先生、参りましょうか……」

栄三郎、又平とともに一角堂を後にしたのであった。

「お噂はかねがねお聞き致しておりやしたが、大したもんでございますねえ……」

又平が畏《おそ》れ入ったと宗春に頭を下げた。

「これくれえ何でもねえよ。おう栄三、お前の乾分《こぶん》もなかなかの役者ぶりじゃねえか」

「又平、河内山宗春に誉められたとは、お前も立派な悪党だ」

「おきやがれ。お前の憎まれ口は変わらねえなあ。はッ、はッ、だが栄三、お蔭《かげ》でちょっとした小遣い稼ぎになったぜ」

宗春は袖《そで》の下から、先ほど角蔵が慌てて放り込んだ金包みを開けてニヤリと笑った。十両ある。

「あの戯れ言野郎にしては張り込みやがったぜ。まあとっときな……」

宗春は無理矢理一両ずつ栄三郎と又平に渡すと、

「栄三、久し振りに訪ねてくれて嬉しかったぜ。相変わらず小便くせえ道場にいて、金にならねえ取次屋をしているようだが元気そうで何よりだ」

「兄《あに》さんこそ、悪人どもから金を巻きあげて、ますますご立派だなあ」

二人はふっと笑い合った。

六年前にちょっとした喧嘩沙汰《けんかざた》を起こした宗春に加勢をしたことから、すっかり意気投合した栄三郎と宗春であった。

二人を結ぶものは、〝偉そうな奴〟への嫌悪——角蔵と話をつけるには最適の男だと、昨日、宮川九郎兵衛を筋違橋内の松平家上屋敷へ一日の思い出巡りを終えて送った後、栄三郎はすぐに下谷の屋敷に宗春を訪ねたのであった。

「俄に面倒なことを頼んですまなかった……」

「そりゃあいいが、池之端の小《ち》っぽけな絵草紙屋にこだわる理由がおれにはわからねえ」

「いや、ちょいとな。洒落《しゃれ》た思い出話を聞いちまって、その話をただ思い出のまま終わらせたくはないと思ってな……」

「何でえ、そりゃあ」

「つまり、思い出話の続きがこれから始まるってことだ。そこにはおれや兄さんや又平が出てくるんだ。ちょいと楽しみだとは思わねえかい」

「栄三、お前はいい歳をして青くせえなあ。ま、そこがお前のおもしれえところなんだが……。ヘッ、ヘッ、まあいいや、お楽しみはこれからだ。今宵《こよい》はパーッと行くぜ……」

宗春は残りの八両を懐《ふところ》にしまうと、口三味線《くちじゃみせん》を弾《ひ》きながら歩き出した。

今宵は広小路《ひろこうじ》か山下《やました》か——このやくざな茶坊主に付き合うのは甚《はなは》だ骨が折れるが、これでおくらの店も手習い所も安泰だ。

栄三郎は、宗春の口三味線に合の手を入れながら、又平と二人、後に続いた——。

数日後。

無事、江戸での勤めを終えた宮川太郎次郎は、父・九郎兵衛とともに帰国の途についた。

板橋《いたばし》の宿へと旅立つ宮川家一行を多くの人々が見送った。

秋月栄三郎、松田新兵衛、又平、お染、田辺屋宗右衛門、お咲、善兵衛長屋の衆……。

その中に見慣《みな》れぬ女が一人いて、あれは誰なのだろうと目を引いた。

おくらというその女は、宮川九郎兵衛が初めて読み書きを教えた人の娘であるという。

「あの人の母親ということは、随分と美しい人だったのでしょうね」

皆が噂しあう中、栄三郎と又平は無言で頷き合って、九郎兵衛を見送った。

この次、九郎兵衛が江戸に来る時、おきよとの初恋の思い出は、またひとつ昇華されて、ほのぼのとしたものとなっていよう。

九郎兵衛が誰彼なしに、おきよとの思い出話を笑顔で語る日が来るまでは、池之端のことは胸に収めるつもりの栄三郎と又平であった。九郎兵衛もそれを願って二人に目礼をした。

おくらは別れ行く九郎兵衛をただじっと見つめるばかり――。

「又平、取次屋という仕事も、これで結構奥が深いな……」

栄三郎が小声で囁《ささや》いた時、満面の笑みを浮かべた宮川九郎兵衛が深々と一同に頭を下げると、しっかりとした足取りで歩き出した。

秋の訪れが近いことを報せるやさしい風が、九郎兵衛を包み、爽やかな匂いを運んで来た。

それはあの日おきよが放った、若草の香りであった。

第四話

帰って来た男

一

「この野郎、手前《てめえ》はこれっぽっちの目くされ金で、おれを追っ払おうってのかい」

「兄さん、これで精一杯なんだ。勘弁しておくれよ……」

「芳次郎《よしじろう》、この男はもう勘当したんだ。今じゃお前の兄でも何でもない。金など渡すことはない……」

「おいおい、お父《とっ》つぁん、そいつはあんまりつれなかろうぜ。店までくれとは言わねえや。せめて家を追いだされた哀れなおれに、少しくれえ回してくれたっていいじゃねえか」

「少しくらいだと？　ふざけるんじゃない！　何度たかれば気が済むんだい。こんなちっぽけな豆腐屋のどこに回す金があるというのだ。帰っておくれ……」

「そうかいそうかい。親子でも兄弟でもねえってことなら、こっちも遠慮はいらねえや。こんな店、叩《たた》き壊してやらあ……」

日本橋通南《にほんばしとおりみなみ》三丁目を西へ入った所にある豆腐屋〝まる芳《よし》〟——。

朝餉《あさげ》の菜《さい》を求める人の流れも落ち着いた頃に、店先ではこのような穏《おだ》やかならぬ会話が交《か》わされていた。

会話の様子を聞けばすぐに知れよう。

豆腐屋の主《あるじ》・芳五郎《よしごろう》には、芳松《よしまつ》、芳次郎という二人の倅《せがれ》がいたが、ぐれてやくざ者となった芳松を勘当し、店は次男の芳次郎に継がせることになった。

朝の早くから水を使い、油で揚げたり——面倒な仕事に未練はないが、芳松としては、本来跡継ぎの自分が一人家を出て行くのは業腹《ごうはら》だ。

時折は乾分《こぶん》を引き連れて、このように金をせびりに来るのである。

暴れ出すと手のつけられない芳松である。近所の手前もあるので、気が弱く兄想いの芳次郎が幾《いく》ばくかの金を包むのを、いつもは哀《かな》しげに見守るだけの芳五郎であったのだが、今回はきっぱりとはねつけた。

引っ込みがつかぬ芳松は、大きないかつい顔を朱《あけ》に染めて二人の乾分に構わねえから一暴れしてやれと、顎《あご》をしゃくった。

その時である。

荒くれの乾分二人が、うっと一言唸《うな》り声をあげたかと思うと、その場に屈《かが》み込んでしまった。

「な、何でえ手前は……」

芳松が驚いて振り向くと、そこには大兵《だいひょう》の武士が巌《いわお》のごとく立っていた。

乾分二人は、突然現われたこの武士の目にも留まらぬ早業《はやわざ》で、脾腹《ひばら》に拳《こぶし》で突きを喰《く》らい、まったく動けなくなってしまったのだ。

「おれは向かいの家の住人で松田新兵衛という者だ。親を侮《あなど》り、兄想いの弟をいたぶる不心得者とはお前のことか！」

叱責《しっせき》が辺りに響き渡ったかと思うと、芳松の体はふわりと宙に浮いて、やがて地面に叩きつけられた。

「今度、不届きな真似《まね》をすると斬って捨てるゆえ、そう思え。おい、聞いているのか……」

聞けるはずがない。芳松は白目をむいて失神している。

「うむ……、ちと懲《こ》らし過ぎたか……」

呆気《あっけ》にとられて見ている芳五郎親子に、新兵衛は苦笑を浮かべた。

「どうだ新兵衛、新居の住み心地は……」

いつの間にやら野次馬に紛《まぎ》れた秋月栄三郎と又平が、新兵衛を見て楽しそうに笑っていた。

「栄三郎、どうもおぬしには騙《だま》された」

「人聞きの悪いことを言うな。馬鹿息子のために苦労をしていた豆腐屋も、これで安泰というものだ」

哀れな豆腐屋の父子《おやこ》がいる。ちょうど向かいの建具職人が越して空き家になっているから、人助けだと思って入ってやってくれ。新兵衛が入居すれば、父子の窮状《きゅうじょう》も解決されるであろう――。

そう言ってここへの入居を勧めたのは栄三郎であった。

人助けという言葉に新兵衛は弱い。話を聞けば哀れなことと、店賃《たなちん》の安さや、建具職人が仕事場にしていた奥の庭が素振《すぶ》りなどするのにちょうどよいことにも惹《ひ》かれ、まずは入居を決めたのだが、考えてみればここから呉服商の田辺屋はすぐ傍《そば》だ。よくよく聞けば、田辺屋宗右衛門の地所だというではないか。

娘のお咲が熱烈に自分のことを慕《した》っているだけに、新兵衛としては、宗右衛門によって着々と外堀を埋められていくような気がして、どうも引っかかるのだ。

「まあ、とにかく新居も決まったことだ。そのようなことを言わずに、この先も町内の者達を守ってやれよ」

栄三郎は、筋肉が見事に隆起した新兵衛の肩をポンッと叩いた。

今、又平を含めて、三人は江戸橋で船を仕立てて本所に向かっている。行く先は石原《いしわら》町の北方にある、旗本三千石《ごく》・永井勘解由《ながいかげゆ》の屋敷である。

かつて栄三郎と新兵衛の師である岸裏伝兵衛が出稽古《でげいこ》に赴《おもむ》いていたことで、三人は永井家を切り盛りする用人・深尾又五郎《ふかおまたごろう》と懇意《こんい》にしている。

栄三郎は深尾から、時折〝取次〟の仕事を頼まれていたし、伝兵衛に代わって、近頃は新兵衛が出稽古に赴くようになっていた。

今日はその出稽古の日で、これに栄三郎と又平が付き合うのは、深尾から誘われてのことであった。

先日、深尾が久し振りに、世情に通じている栄三郎の話を聞きたくなったといって、栄三郎行きつけの居酒屋〝そめじ〟に出向き、新兵衛、又平を交えて一杯やった時のこと――。

又平が近々、駿府《すんぷ》から一年ぶりに戻ってくる幼馴染《おさなな じ》みを藤沢《ふじさわ》の宿まで迎えに行く、という話を聞いた深尾が、

「それならば藤沢の宿の西方に、当家の知行所がござってな。名主宛に文《ふみ》を認《したた》めておくゆえ、そこで落ち合えばよろしい。二、三日逗留《とうりゅう》して相模《さがみ》の海で獲《と》れた

魚を味わい、楽しんで来られるがよい」

と言ってくれた。

今日は、その中久保《なかくぼ》村の名主・益右衛門《ますえもん》に持参する深尾の書き付けを貰《もら》いに行くのである。

そのついでと言うと、

「ついでに稽古をする奴《やつ》があるか」

と、新兵衛に怒られるが、たまには剣客《けんかく》・秋月栄三郎、その門弟・雨森又平として、いつもと違った所で稽古をするのもよかろうということになったのだ。船を降り、永井家屋敷に到着した栄三郎と又平は、新兵衛の指揮の許《もと》で稽古に汗を流した後、表向きの書院で新兵衛と三人で昼餉《ひるげ》の馳走《ちそう》に与《あずか》った。

「いやいや秋月殿、改めて稽古の様子を拝見致しますに、町の物好きだけに剣術を教えるには惜しい腕でございますな。又平殿も、当家に仕える者どもと比べて遜色《そんしょく》はござらなんだぞ」

三人をもてなす深尾が感心して言った。

又平はこの言葉を聞いて、内心躍りあがらんばかりの興奮を覚えた。

自分が誉《ほ》められたからではない。何よりも、心酔する旦那《だんな》・秋月栄三郎が、日頃ふざけてはいるものの、実はかなりの遣《つか》い手《て》であることを又平自身知ってはいたが、深尾のような立派な武士からその力を認められたからである。

「御用人からも栄三郎に、もっと剣術に本腰を入れるように言ってやって下さりませ」

深尾の言葉を、新兵衛は神妙に受け止めて言ったが、

「何の、町の物好き達に教えるのも、これはこれで意義あることでござる」

栄三郎はいつものごとく泰然《たいぜん》自若《じじやく》としている。剣に関して何を誉められても、自《みず》らの歩む道筋を変えようとしない。これはこれで剣一筋に生きる松田新兵衛の凄《すご》みに負けず劣らず立派な　志《こころざし》　だと深尾は思った。

――いつか　某《それがし》が、秋月殿の剣を他に生かす道筋を見つけてくれる。

深尾は心の内でそう念じつつ、

「まあ、今は稽古の後の膳を楽しみましょう」

と、昼餉を勧めた。初鮭《はつざけ》と庖丁《ほうちょう》を使わず豪快に手で豆腐を摑《つか》み入れた汁が嬉《うれ》しい。

「時に又平殿、楽しい旅となればよろしゅうござるな。これはほんの気持ちじゃ、路銀の足しにして下され」

深尾は折を見て、又平に一両包んで渡した。

「そんな、とんでもねえ……。名主さんの家に厄介になる上に、こんなことまでして頂くなんて……」

恐縮する又平であったが、

「いや、金子《きんす》を渡しておいてこんなことを言うのは野暮というものだが、又平殿にひとつ願い事がありましてな」

「願い事……」

栄三郎が問い返した。

「大したことではござらぬのじゃ。村の様子を気にかけてみてはくれぬかな」

「村に何か不穏な動きでも……」

今度は新兵衛が問うた。

二人が又平を気遣う気持ちが表われていて、何とも頰笑《ほほえ》ましい。

「そういうことではござらぬ。だが、どうも名主の益右衛門のことが気にかかりましてのう……」

深尾又五郎は、かつて中久保村に代官として赴任したことがある。益右衛門とはその時以来の付き合いで、ここ数年は永井家用人として多忙を極《きわ》める深尾が知行所に赴くことはなくなったが、文のやり取りだけは続いていた。

「その文が近頃どうも益右衛門らしからぬものでござってな……」

とにかく明るい陽気な男であった益右衛門は、文面も洒落《しやれ》ていて、以前は随分《ずいぶん》と笑わせてもらったのだが、このところの文はまったく面白みがなく、よそよそしさを覚えると言うのだ。

かといって、年貢が滞《とどこお》ることもなく、代官の夏木源之丞《なつきげんのじよう》から知行所の異常を報《しら》せてきたこともない。

「まあ、名主という役目も楽なものではないゆえに、色々屈託を抱えていても不思議はない。とはいえ何とはなしに気にかかりましてな」

話を聞けばなるほどと、又平は畏《かしこ》まって、

「私のような者が気をつけたとて、何が知れるかはわかりませんが、深尾様が仰《おお》せのことはよくわかりました。それとなく村の様子を窺《うかが》って参りますでございます」

「はッ、はッ、その目で見聞きしたことを報せてもらえれば、もうそれだけでよい。又平殿、よしなにな」

「承知致しました……！」

又平は勇んで頭を下げた。

二

それから数日後のことであった。

箱根《はこね》の関所を越えて江戸へ下り行く一人の旅の男の姿があった――。

一年ぶりに駿府から江戸へ戻ってくるという、又平の幼馴染み・駒吉《こまきち》である。

又平と駒吉はともに捨て子であったのを、浅草奥山の軽業《かるわざ》芸人の親方・仁兵衛《にへえ》に拾われて兄弟のように育った間柄である。

仁兵衛が死んだ後は、二人で渡り中間《ちゆうげん》などしながら暮らしたが、駒吉は博奕《ばくち》にのめりこみ、その貸し借りでのっぴきならぬことになり、姿を消した。

やがて、秋月栄三郎について暮らし始めた又平が駒吉と再会した時、駒吉は深川の香具師《やし》の元締〝うしお一家〟の権三《ごんぞう》の乾分となっていた。

しかし、権三は先代の元締・吉兵衛《きちべえ》を毒殺し、阿漕《あこぎ》な稼業を続けている大悪人であった。

又平と、その〝旦那〟である秋月栄三郎の人情によって更生した駒吉は、権三の悪事を告発し、南町奉行所による権三一味捕縛に協力したことで、江戸十里四方追放の温情ある裁きを受けた。

しかも、町奉行・根岸肥前守《ねぎしひぜんのかみ》の配慮で、駿府の役所での下働きの仕事まで与えられてのことであった。

そして、それから一年――。

駒吉は今、晴れやかな気持ちで、東海道《とうかいどう》を東へ東へと足取りも軽く旅を続けているのである。

「まったくおれは幸せ者だ……」

駿府を出る少し前、又平より文が届いた。

藤沢宿まで出迎えるつもりであったが、永井様というお偉い御旗本の知行所で、二、三日ゆったりと逗留していくようにとのありがたいお心尽くしを得た。

それゆえに、藤沢宿の西方・中久保村で落ち合おうとのことであった。

それもこれも、あの〝栄三の旦那〟が顔を利《き》かせてくれてのことであろう。

江戸へ戻れば自分も又平と同じく、あの魅力的な旦那のお近づきにさせてもらおうと、駒吉はこの一年、常々そう思っていた。

大磯《おおいそ》を過ぎ、平塚《ひらつか》の宿を越えた駒吉は、海辺の道へと出た。

そこを少し行って北へ道をとれば中久保村だと、文に添えられた地図には記されてあった。

「ああ、いい日和《ひより》だ……」

松並木の向こうには、相模の海が淼々《びょうびょう》と広がっていて、駒吉の目を圧倒した。

「海はいいなあ……」

思わず浜へと出る駒吉に、聞き覚えのある声が届いた。

「又平……」

浜には駒吉の無二の友・又平が立っていた。

「中久保村に出るには必ずここを通るだろうと、村の人から聞いてよう……」

笑うと少し尻下がりの目が糸のようになる、又平の愛敬《あいきょう》のある顔が、少し照れくさそうに駒吉に向けられていた。

「それでお前は、中久保村へ一旦入ったのに、わざわざおれを迎えに来てくれたのかい……」

思わず喜びに声を震わせる駒吉に、湿っぽくなるのはご免だと、

「おれも海が見たかったのさ」

又平は浜へと駆け出した。

「どうでえ、行きに見た海と、一年経《た》って帰りに見る海は違うかい」

「ああ、広さも蒼《あお》さもまるで違って見えるぜ」

駒吉もこれに続いた。

「大人になれば二人して海へ遊びに行こう」

子供の頃、二親《ふたおや》のない二人を、軽業の親方・仁兵衛は、深川洲崎の海へ連れていってくれた。

初めて海を見た時、又平と駒吉は興奮に時を忘れてはしゃぎ回って、こう約束を交わしたものだ。

二人は子供の頃の顔に戻って、しばし浜辺で水に戯《たわむ》れた後、肩を並べて中久保村へと向かった。

中久保村は海に程近い、なかなか豊かな村のようであった。

名主の益右衛門の住居は、領主・永井家の許しを得た長屋門のある屋敷で、深尾又五郎の書き付けを持参した又平は厚いもてなしを受けた。

本来、武家の他は玄関を持つことを許されてはいないのだが、名主階級の家には上客を迎えるためのそれが認められることがある。

前《さき》に来た時、又平は玄関から迎えられ、奥の座敷に通されて、恐縮しきりであったという。

「はッ、はッ、お前が玄関から奥座敷へ、こいつはいいや……」

話を聞いて駒吉は愉快に笑った。

「よっぽど、その深尾様ってお人は偉《えれ》えんだなあ」

「そりゃあ、まあ、ご領主様の用人を務めておいでだからな」

「おれも渡り中間をしていたからわかるが、同じ用人でも随分と恐れられているんじゃねえのか」

「いや、穏やかないいお人だ。名主さんとは懇意にしていなさるとか。そのご人徳のお蔭《かげ》でおれはまあ大事にしてもらったってわけだな。今度のことでも深尾様は名主さんを気遣って……」

又平は、深尾が益右衛門に対して抱いている心配について駒吉に話した。

「なるほどなあ、文を読むだけで相手のことを思いやるとは、ほんによくできたお人だ。この一年の間、おれとお前も随分と文のやり取りをしたが、又平、お前はおれの文をそんなふうに考えて読んだことがあったか」

「おきやがれ、お前がおれによこしたのは文じゃねえ、走り書きってもんだ。三言四言読んだところで、心配すらできねえや」

「はッ、はッ、違《ちげ》えねえや。で、お前は深尾様の心配事を名主さんに伝えたのかい」

「言わねえよ。そんなこと言ったら、名主さんも気を遣うだろう。深尾様は様子をそっと窺うだけでいいとの仰せだ。お前も余計なことは言わねえでくれよ」

「そいつはわかったが、お前の目から見てどうだった」

「おれは名主さんと会うのは初めてだから以前のことは知らねえが、益右衛門さんは何とも優しそうなお人でな。かえって向こうから、深尾様はご息災になされていなさるかと訊ねられたものだ」

「そうかい、そんなら深尾様の取り越し苦労ってところか」

「ああ、そのようだ」

「だがよう又平、何か妙だぜ……」

「何が妙なんだ？」

「どうも村の連中がよそよそしいとは思わねえか……」

話すうちに、又平と駒吉は中久保村へと入っていた。

先ほどから村の百姓達と何度かすれ違っているが、皆一様に又平と駒吉に会《え》釈《しゃく》をするのだが、こっちが笑顔を向けると、逃げるように立ち去ってしまうのである。

「そういやあそうだな……」

「だろう……」

「だがよう駒吉、村の者ってえのは余所者《よそもの》には大概《たいがい》よそよそしいもんだぜ」

「そりゃあそうだが……」

「ガキの頃、何度か田舎《いなか》の社《やしろ》へ連れていかれて、芸を見せたことがあっただろう」

「ああ、あったな」

「その時だって、おれ達は村の子供に石を投げられたりしたじゃねえか」

「そういやあそうだ。江戸から来た者に騙されちゃあならねえ……。村の連中はそう思っているんだな」

「ああ、そういうことだ」

「けッ、ちっぽけな田畑にしがみついて、何かってえと人を疑いやがって、おれは田舎の百姓が気にくわねえや。二、三日ゆっくりしていけってことだが、今日一日泊めてもらったら、すぐに江戸へ発《た》つとしようぜ」

駒吉はしかめっ面《つら》で、またも向こうから通りかかる百姓の男女をやり過ごした。

「駒吉、そんなことを言うんじゃねえや……」

又平は、昔から何かあるとすぐに突っかかる癖のある友達を、穏やかに諭《さと》した。

「田畑にしがみついてくれるお百姓がいるから、おれ達はお気楽に暮らしていけるんじゃねえか。お百姓が皆、おれみてえな毎日馬鹿を言って暮らしている男の真似をしたらどうなる」

「世の中は終わっちまうな」

「そいつは言い過ぎだろう……」

「はッ、はッ、わかったよ。お前の言う通りだ。連中が余所者を受け入れたくねえと思うのももっともなことだ」

「お前には気づまりかもしれねえが、深尾様には栄三の旦那もおれも世話になっているんだ。ここはありがたくお心尽くしを頂戴《ちょうだい》して、江戸に戻って礼を言うのも、こっちの気遣いじゃねえか」

「そいつを忘れていたぜ。お前と栄三の旦那の義理を果たさねえといけねえや。おれがこうして江戸へ戻れるのも、旦那とお前のお蔭だった。すまねえ、ついわかったようなことを言っちまった……」

駒吉は頭を掻《か》いた。

「いや、お前のその物言いが、今日は何とも懐《なつ》かしい。駒吉、これからは楽しい暮らしが待っているから安心しな」

同じように捨て子として見世物小屋で育ち、軽業芸人の後は又平が植木職人に、駒吉は瓦《かわら》職人に――そして同じように軽業あがりと罵《ののし》られ、職人の道をとび出した後は渡り中間となった二人であった。

それが、又平は秋月栄三郎というかけがえのない〝旦那〟に出会い、町中で自分の居所をみつけたのに対し、駒吉は悪の道へ計らずも足を踏み入れてしまった。

そして江戸十里四方所払いとなって暮らした駿府での一年を合わせての四年間は、この二人の明暗をはっきりと分けた。

ただ巡り合わせがよかっただけで、生涯もっとも充実した幸せな日々を送ってきた又平は、その明暗が空恐ろしい。

少しでも早く駒吉に、今の自分と同じような幸せを味わってもらわねば、心がどうも落ち着かないのだ。

駒吉には、そんな又平の優しい想いが痛いほどにわかる。

「おればかりがいい想いをして、何やら申し訳なくて仕方がない……」

そんなふうにさえ又平が思っているであろうことも……。

――巡り合わせだけのことじゃねえぜ。

心根の真《ま》っ直《す》ぐな奴は、いい人間と出会いやすいし、心根の曲がった奴は、下らない人間と出会いやすいものだ。

――又平、お前の日頃からのその優しい想いが、いい巡り合わせを引き寄せた。ただそれだけのことさ。

何を気にすることがあるものかと、駒吉は心の内で想いつつ、それを口に出せばかえって又平の興を削《そ》ぐような気がして、

「又平、よろしく頼むぜ。お前だけが頼りなんだからよう」

そう言って無二の友を立てておいた。

話すうちに名主屋敷に着いた。

又平は屋敷の様子をすでに心得ていたから、今度は勝手口から駒吉を連れて入った。

土間の広敷にたちまち現われた益右衛門は、

「何もそのような所から入らずともようございますのに」

と、にこやかに駒吉を迎えた。

「とんでもないことでございますよ。あっしなんかがお玄関を頂戴するのは、身の丈《たけ》に合っちゃあおりません」

名乗りをすませると駒吉は平身低頭で、益右衛門に畏まってみせた。

「さすがは深尾様が見込まれたお二人でございますな」

益右衛門は又平と駒吉の人柄を大いに気に入ったようで、その夜は自らが二人を接待し、相模の海で獲れた魚をこれでもかというくらい皿に並べ、酒を酌《く》み交わした。

又平からは江戸の話。駒吉からは駿府の話など聞きながら、そのひとつひとつに感心すると、やがて話は深尾又五郎のことになった。

「わたしはあのお方と同い年でございましてな。深尾様が代官で赴任なされた頃は、あれこれ村の祭などを二人で企《たくら》んで、よく酒を飲んだものでございます」

よほど気が合ったのであろう。益右衛門は深尾の話になると、おっとりとした好々爺《こうこうや》のふうが、少年のような無邪気な様子に変わった。

又平は深尾又五郎の、謹厳実直《きんげんじっちょく》のようでいて、抜け目なく遊びもこなす飄々《ひょうひょう》とした人となりを知るだけに、若き頃、代官としてこの地に住んでいた頃は、さぞや江戸から離れているのをよいことに、あれこれ楽しんだに違いないと思われて笑いがこみあげてきた。

とは言いながら、深尾と親しいのは、自分が下働きをしている手習い所の先生であって、又平自身はそれほど面識がないこと。駒吉に至ってはまったく話したこともないと告げると、

「では、深尾様はその秋月様のことを随分と大事にされているのですね。人との付き合いを何よりも重く考える……。いかにもあのお方らしい」

「へい、そりゃあもう……」

又平は、深尾又五郎が取次の仕事を時に秋月栄三郎に依頼していて、随分と助けられているのだと、栄三の旦那の自慢が思わず口に出そうになったが、それをぐっと堪《こら》えて、

「そのお蔭でわたし達も、こうしていい想いをさせて頂いております」

深尾の人柄だけを誉め称《たた》えた。

うっかり取次屋の話などすると、永井家の秘事に触れることもある。お前はただ手習い師匠の許で奉公している者だと言っておけばよい——。

そう栄三郎から念を押されていたのである。

益右衛門はそんな又平の胸の内など知るよしもなく、

「深尾様は真《まこと》によくできたお人だ。わたしはね、あのお方にあれこれ面倒をかけぬよう、この村のことを取り仕切っていかねばならぬと思っているのです……」

しみじみとした口調で静かに語った。

深尾様が言っていた、明るくて陽気で洒脱《しゃだつ》な男——その印象とは異なるが、五十になろうという年輪は人を重厚に変えていくものであろう。

又平は、江戸で深尾に益右衛門の想いを伝えるのが、今から楽しみになっていた。

「さあさあ、江戸と違ってどこといって繰《く》り出す所もございません。せめて酒くらいたっぷりと飲んでいって下さい」

屋敷の女中が酒を運んできた。

その中に、十六、七くらいであろうか、色が浅黒く、小鹿のように四肢《しし》が引き締《し》まった娘が一人いて、座敷に入るや、又平と駒吉に興味津々《しんしん》の目を向けてきた。

切れ長の目には利かぬ気が浮かんでいて、いかにも野生児といった様子だ。

娘は年嵩《としかさ》の女中達と酒器を又平と駒吉の前に置くや、

「江戸から来たというのはお兄さん方かい……」

と不遠慮に言って酒を注《つ》ごうとした。

「これ、おかる……。お客さんに無作法であろう。お前はいいから退《さ》がっていなさい」

これをすぐに益右衛門が窘《たしな》めた。

穏やかな益右衛門にしては、厳しい有無《うむ》を言わせぬ勢いであった。

おかると呼ばれた娘は、少し不満げな表情を浮かべつつも、すごすごと引き下がった。

「まったく無調法者でして、申し訳ありません」

女中達が座敷を出ると、益右衛門は再びにこやかな笑みを又平と駒吉に向けた。

田舎の村に、江戸からちょっとくだけた男がやって来た——。

若い娘が興味を示すこととてあるだろう。

その時は意に介さず、そのまま益右衛門としばし談笑し、やがて夜も更《ふ》けた。

奥座敷には寝床が敷かれ、又平と駒吉は竹格子《たけごうし》の窓から淡い月を眺め、虫の音《ね》を楽しんだ。

江戸に比べると夜の闇がはるかに深い分、月明かりが美しい。

「駒吉、明日は名主さんが村を案内してくれると言ったがどうする」

「いや、おれはもうすっかりと体が休まった。この上ここにいては、何やら申し訳ねえ気がしてきた」

「それもそうだな。お百姓衆は皆、汗水流して働いていなさるのに、深尾様のお墨付きをひけらかして一杯やるのも、何だか気が引けるぜ。明日は発つか」

「ああ、そうしようぜ……」

話はまとまり、又平と駒吉はにこやかに頷《うなず》き合って、寝る仕度《したく》を始めようとした時であった。

窓の向こうに、にゅっと女の顔が逆さに現われた。

「ひ、ひェえ……！」

さすがに驚いてとびのく二人に、逆さ女は静かにしろと、唇に人差し指を当ててみせた。

よく見ると、女は先ほど益右衛門に叱責された、おかるという娘であった。

「何をしてるんだお前は……」

駒吉が呆《あき》れ顔で声を潜《ひそ》めた。

おかるは、窓の上の庇《ひさし》から顔を覗《のぞ》かせているのである。

「こうでもしないと兄さん方に話しかけられないからね」

「どうやってそこから顔を出してるんだ」

又平が訊ねた。

「どうやって？　女中部屋に引窓があってね。そこを出て屋根伝いに来たってわけさ」

「ほう、そいつは大したもんだ……」

軽業芸人あがりの又平と駒吉は、娘の身軽さにどことなく親しみを覚えて、ふっと笑い合った。

駒吉は、話を聞いてやれと、又平に顎をしゃくった。

「そんなことまでして、おれ達に何を話したかったんだい」

「ご領主様のお屋敷がどこにあるか、教えておくれよ」

「それを聞いてどうするんだ」

「いつか江戸へ行った時に、どんなに立派なお屋敷かこの目で見てみたいと思ってね」

「おかしな奴だな。おれ達に聞かなくたって、名主さんが教えて下さるだろう」

「それが教えてくれないんだよ。お前みたいな無調法者には教えられないってね」

「それはお前が生意気を言うからだろう」

「違うよ。皆、わたしのことが嫌いで意地悪をするんだ」

「名主様はそんなお人じゃねえだろう」

「悪いお人じゃないけど、教えてくれないんだから仕方がないだろう。他の奴に頭は下げたくないんだ。だから教えておくれよ。このままじゃあ頭に血が昇っちまって、何を叫ぶかわからないよ」

「おいおい面倒はご免だ。わかったよ。永井勘解由様のお屋敷は、本所という所にある。両国《りょうごく》橋と大川橋の間に石原町という町があって、そこを北に行けばすぐだ」

おかるは又平の言葉をひとつひとつ呑《の》み込むように聞くと、

「ありがとうよ。恩に着るよ。兄さん方は優しそうな顔をしているから、きっと教えてくれると思ったよ」

そう言うと満面の笑みを浮かべた。

「このことはお願いだから……」

「内緒にしといてやるよ。なあ、駒吉……」

駒吉は任せておけと、おかるにニヤリと笑った。

おかるは、逆さの姿勢のまま、一瞬両手を合わせて二人に拝《おが》んでみせると、たちまちその姿を消した。

「又平、この村に置いておくには惜しい娘だな」

「まったくだ。奥山の見世物小屋へ行きゃあ、名代《なだい》の軽業・おかる太夫《だゆう》だ」

おかるが消えた窓の外からは、ただ賑《にぎ》やかな虫の声がするばかり――。

又平は少し名残《なごり》惜しそうに竹格子の窓を閉めた。

三

翌朝。

又平と駒吉は、益右衛門に何度も何度も頭を下げて、江戸へ戻る旨《むね》を伝えた。

益右衛門はそれでは深尾又五郎に義理が悪いし、これくらいのもてなしでは恰《かっ》好《こう》がつかないと二人を留《とど》めたが、

「名主様のお健《すこ》やかなご様子を、早く深尾様にお伝えしとうございます」

と言う又平の言葉に折れた。

「駒吉さんは江戸には一年ぶりとのこと。あまりお引き留めしてもいけませぬな」

そう言うと、家人を数人率《ひき》いて、街道への辻まで見送ってくれた。

家人の中におかるは含まれていなかったが、名主屋敷の長屋門を出る時、庭を掃《は》くおかると遠目に目が合った。

しかし、おかるに昨日の笑顔は見られず、少し頭を下げて見送るその表情は硬かった。

――どうやらあの娘も、名残を惜しんでくれているようだ。

昨夜のことは胸に秘め、江戸へ旅発つ又平と駒吉を、さらに驚いたことに、代官の夏木源之丞が配下の武士を従えて見送りに来た。

「何だ、もう行ってしまうのか。深尾様存じよりの者が来たというから、今日はあれこれ、御用人の噂《うわさ》話など、聞こうと思うたに……」

夏木はいかにも無念だという表情を浮かべた。

用人・深尾又五郎がいかに多くの者達に慕《した》われているかが偲《しの》ばれる。

「だが、むやみに引き留めても深尾様に叱《しか》られるというもの」

名主の益右衛門とあれこれ物語などしたのであれば、そちらから深尾用人の噂話を聞くことにしようと夏木は言った。

又平は江戸を出る時、深尾から夏木源之丞という者が当地で代官をしていると聞かされていた。

相模国の浪人であった夏木の祖父が、算用に巧《たく》みで弁も立つことから、手代として雇われて以来、その子孫は代々、永井家の知行所に置かれた代官所に出仕してきた。

それが、三代目の源之丞が文武に秀《すぐ》れていたことから、永井勘解由は彼を代官として据《す》えたという。

現地で三代に亘《わた》って暮らしてきて、村の隅々まで知る夏木源之丞に知行所を任せる方が効率もよいだろうと、永井家としては期待を寄せたのである。

夏木は期待に応《こた》え、年貢米の徴収や産物の売買に手腕を発揮してきた。

深尾所縁《ゆかり》の者が村に来ると聞きつけるや、まず顔を合わせようと、街道への辻まで出て来るというのは真に義理堅い。

歳《とし》は四十前。端整な顔立ちにがっちりとした体軀《たいく》は、知行所を取り仕切る男に相応《ふさわ》しい押出しを備えているように見受けられた。

「この村に立ち寄ったというのに、手ぶらで帰したとあっては面目《めんぼく》が立たぬ。某《・》ごときの身上では大したこともできぬが、路銀の足しにしてくれぬか」

夏木はそう言って、一分《ぶ》金を見せて、

「これは受け取れませぬ……」

と、固辞する又平に無理矢理握らせたのであった。

念の入った心尽くしに、恐縮が過ぎて逃げ出すかのように、又平と駒吉は中久保村を後にした。

「駒吉、お前の言う通りだ。今日、村を出てよかったぜ」

「まったくだな。名主さんだお代官様だともてなされたら、いくら面《つら》の皮の厚いおれだってさすがに気を遣うぜ」

「栄三の旦那や深尾様と一緒なら、さぞかし楽しかっただろうにな」

「おれ達には荷が重いぜ」

「深尾様からも小遣いを頂戴しているからよう、その代わりゆっくりと行こうぜ」

「ヘッ、ヘッ、そいつはいいな……」

「まず海を眺めて、神奈川《かながわ》の宿辺りでゆるりとするか……」

もはや、又平の頭の中からは、深尾又五郎が言った、

「村の様子を気にかけてみてはくれぬかな……」

という言葉はどこかへとんでしまっていた。

しかし、二人が去って後に街道への辻に出向いた代官・夏木源之丞が、そこで行き合った名主・益右衛門に放った言葉を聞けば、又平とてもう少し村にいて様子を窺おうとしたやもしれぬ――。

「名主殿……。どうやらあの二人、御用人の計らいで、ただ旅の途中で立ち寄っただけのようだな」

「そのようで。気のよい町の衆といったところでございます」

「御用人は剽《ひょう》げているが、あれで勘の鋭い男だ。何かに気づいて間者《かんじゃ》を送り込んできたのかと思うたが、ただ一日で逃げるように帰ったとは、こちらも拍子《ひょうし》抜けだ」

「いくら勘がよくとも、お年貢を滞《とどこお》らせたこともなければ、村は至って平穏……。何を気づかれることがございましょう」

「まあ、それはそうだな……」

「村の皆も、今のまま平穏に暮らしていくことを望んでおります」

「おかるもそれを望んでおるのか」

「無論にございます」

「おかしな真似をしたらあの娘も、孫七《まごしち》と同じように致さねばならぬ」

「たかが小娘に何ができましょう」

「何もできぬとは思うが、念には念を入れねばなるまい。村の皆とおれ達の幸せのためにな……」

ほくそ笑《え》む夏木の顔からは、先ほど又平に一分の心付けを手渡した時の爽《さわ》やかさが消え失《う》せ、今は醜《みにく》く歪《ゆが》んでいた。

その顔から目をそらす益右衛門の表情は、昨夜、又平と駒吉をもてなし、深尾又五郎との昔話などに華《はな》を咲かせた時のにこやかなものから一転——屈託に充《み》ちていた。

深尾又五郎が、益右衛門の文を読んで覚えた胸騒ぎは本当のことになっていたようである。

代官と名主の会話からはよからぬ臭いが漂っている。

おかるがおかしな真似をするかもしれないと夏木が言っていたのはどういうこ

となのか。

孫七とは何者なのか。

そんなことはまったく知らず、又平と駒吉は東海道をのんびりと江戸へ向かって歩いていた——。

「又平、ちょっとばかり腹が減ったな……」

「ああ、握り飯でも食うか」

戸塚《とつか》の宿の手前まで来ると昼時となっていた。振り分け荷物には名主屋敷を出しなに貰った握り飯がある。

この辺りは富塚八幡《とみづかはちまん》に続く山中で、道の脇は切り立った斜面となっている。

「あの上は涼しそうだな……」

駒吉は又平を見て意味ありげに笑った。

「涼しそうだが駒吉、お前は大丈夫か」

「けッ、おれを見くびるなってんだ」

「よし！」

二人は頷き合うと、たちまち切り立った斜面を登り切り、高処に腰を下ろして竹の皮を広げた。

「駒吉、まだ鈍《にぶ》っちゃいねえようだな」

「お前こそ、今でも小屋に出られそうだぜ」

子供の頃に仕込まれた軽業は、まだ二人の体に刻みこまれていた。

それを確かめ合って、二人が満足そうに握り飯にかぶりついた時であった。

街道を見下ろす又平と駒吉の視線の向こうに、勢いよく走り来る百姓娘の姿が認められた。

「おい駒吉……。ありゃあ名主さんの所の……」

目を凝《こ》らすと娘はおかるであった。

「違《ちげ》えねえや。しかも誰かに追われてるぜ」

おかるの後から、菅笠《すげがさ》を被《かぶ》った武士が五人、殺気だった様子で押し寄せる様子が見えた。

只事《ただごと》ではない――。

「あいつはいってえ何をやらかしたんだ……」

まさしく〝高みの見物〟を決めこむ又平と駒吉であるが、あの飾り気のないさっぱりとした娘に、どこか自分達二人に似た〝匂い〟を覚えていただけに、何とかして助けてやりたくなって腰を浮かせた刹那《せつな》――。

おかるは、又平と駒吉と同じく、向こうの道の斜面をたちまちのうちに駆け登り、高処の繁《しげ》みに姿を消した。

追手の武士達は後を追えるわけもなく、呆然《ぼうぜん》としておかるが消えた辺りを見上げるばかりであった。

「やりやがった……」

又平と駒吉は小躍《こおど》りした。

「又平、助っ人してやるか」

「駒吉、お前、いいとこあるじゃねえか」

「おれも人情に助けられたからな」

「よし！」

眼下の五人が、この先にある富塚八幡の石段を見つけ駆け上がるのが見えた。

又平と駒吉は社へと駆け出した。

「ふん、捕まってたまるか……」

斜面を駆け登ったおかるは、そのまま八幡宮へと疾走《しっそう》した。

なまくら侍達には登れるはずもない切り立った斜面を駆け上がり、見事に撒《ま》いてやった痛快な想いが、おかるの緊張を解《と》きほぐした。

しかし、追手は思った以上に落ち着きはらっていて、おかるの動きを読んで、八幡宮に殺到した。

おかるの前方に、菅笠の二人が見えた。

「しつこい奴らだよ……」

おかるは木立《こだち》の中に身を潜め、かつらの木の幹《みき》に姿を隠したが、背後に忍びよる新たな人の気配にはっと身構えた。

するとそこには、名主屋敷に一夜の宿をとった二人の旅人がそれぞれ大樹の蔭に身を隠しつつ、

「上に逃げろ……」

と天を指さし、自らもするすると木に登り、青葉が繁る大ぶりの枝の中に身を置いたではないか。

ぽかんとして見上げるおかるに頭上から、団栗《どんぐり》の実が投げつけられた。

枝の隙間《すきま》から覗く顔は、又平と駒吉である。

「お前も早く登れ！」

と二人の目は言っていた。

前方の菅笠の侍が四人となり迫ってきた——。

おかるは幹をよじ登り、枝を伝って見事に又平、駒吉と同じ高さまで、その身を移した。

「やるじゃねえか……」

二人の男の顔がそう言って笑っていた。

あの旅の兄さんが二人とも自分以上に身軽で、なおかつ味方してくれていることを知り、やっとおかるの顔から笑みがこぼれた。

追手の菅笠の侍達はしばし辺りを見廻《みまわ》した後、互いに首を横に振り合って、八幡宮の社の方へと踵《きびす》を返した。

又平は駒吉と目で言葉を交わすと、するすると木の上から下りて、そっと四人の後をつけた。

おかるはつられて下りようとしたが、駒吉の手から団栗が礫《つぶて》となってとんできて、

「まだ動くな……」

と、そこにいるように指でさし示された。

又平は、振り分け荷物と笠を器用に担《かつ》いで、充分な距離をとってつけて行く。

秋月栄三郎の許、尾行、張り込み、忍び込みにかけてはすでに玄人跣《くろうとはだし》の又平であった。

四人は八幡宮の社の裏手で、後一人の首領格の武士と落ち合った。

「見つかったか……」

「いや、まんまと逃げられた。おかるめ、味な真似をしやがって」

「まあよい。どうせ行く先がどこかは知れている。屋敷には早飛脚《はやびきやく》を送った。我らはおかるが飛脚より早く到着せぬよう、少しでも足止めすればよいのだ」

「そうだな。じっくりと捕まえてやるか」

「女の一人旅がうまく続くはずがない。こっちは三手に分かれてうまく繋《つな》ぎをとりつつ江戸へ向かおう」

追手の五人は頷き合って軒下《のきした》に入って笠を脱ぎ、吹き出す汗を拭《ぬぐ》った。

それを又平は屋根の上から聞き耳を立てている。

やがて五人は街道へ出ると、首領格の武士が言っていた通り、一人道行くこの武士の他は二人ずつに分かれて江戸をさして歩き始めた。

又平は笠を目深《まぶか》に被り、巧みに尾行した。

さらに途中、廻し合羽《がっぱ》を買い求め、これに身を包んだ。

様子を窺ったところ、驚くべきことに五人の中には今朝、又平と駒吉を見送りに現われた、代官・夏木源之丞に付き従っていた手代の顔があったのだ。

――奴らにはおれの顔は知れている。

それゆえに、又平は駒吉と落ち合うまでは、村を出た時と出立《いでた》ちを変え、細心の注意を払って歩いたのである。

一方、その後、駒吉とおかるは――。

二人して街道を外れ、山道を越え、海に出ようと苦闘していた。

又平と駒吉は、追われているおかるを見た時、昨夜のことを思い出し、おかるは永井家のお屋敷に行こうとしているに違いないと見た。

それならば、何とかして江戸へ連れて行き、まず秋月栄三郎に相談するべきだと咄嗟《とっさ》に判断したのだ。

又平は追手の素姓《すじょう》と動きを確かめんと、五人の後をつけ、駒吉はおかるを連れて逃げる。

落ち合う先は神奈川の宿とした。

だが、追手をやり過ごした後、駒吉がおかるに理由を問うても、おかるは何も語らなかった。

　仕方なく駒吉は、ただ江戸へ出なければならないのだと言うばかりのおかるを連れて、海辺へと抜ける道を足早に進み、やっと半刻《はんとき》（一時間）後に、自分を追いかけているのは代官所の者であると聞き出した。

「どうして代官所の者がお前を追いかけているんだ」

「それは言えない……」

「なぜ言えねえんだ。お前、何かしでかしたのか」

「わたしは何も悪いことはしてないよ！　でも、江戸へ着くまでは誰にも言わないと心に決めたんだ」

「理由を聞かねえと、お前を助けてやりたくても助けてやれねえだろう」

「誰も助けてくれなんて言ってないよ……」

　終始、駒吉とおかるはこんなやり取りを続けているのであるが、それでも、おかるが代官所の連中の悪事を、領主である永井勘解由に直訴《じきそ》しようとしていることが朧《おぼろ》げながらに見えてきた。

「わたしのこと、信じてくれなくてもいいけど、邪魔をするのはやめておくれ……」

　おかるは駒吉から逃げるようにして、険《けわ》しい道を駆け抜けた。

「わかったよ。お前を信じるから待て！」

身の軽さでは負けない駒吉は、おかるを追いかけた。

そして、追手が代官所の者であれば、駒吉自身も追手から面体《めんてい》を覚えられている。このままでは目につくであろうと、途中、百姓家に立ち寄り、あれこれ頼み込んで銭《ぜに》を払い、衣裳《いしょう》を調達した。

江戸へ公事《くじ》に出る百姓と下男に化けるのが狙いであった。

「下男……？　わたしを男にしようってのかい」

「その方が人目を欺《あざむ》けるだろう。お前は胸もへこんでるし男の恰好がよく似合うぜ」

「大きなお世話だよ。助平野郎が！」

お前はおかるではなくて〝お猿〟だと、いつもからかわれてきたが、おかるも若い娘である。道端で男ものの着物を渡されて抵抗を覚えたようだ。

「だが考えてみろ、男に化けるのが何よりも理に適《かな》っていると思わねえか」

「そりゃあ……」

「どうしても江戸のお屋敷に行きてえんだろ」

「行きたい！　わかったよ。男になってやるよ。しばらく目を瞑《つむ》っていておくれ……」

おかるは一旦決めると早かった。

駒吉から着物を受け取り繁みに入ると、素早く着替えて出て来た。

「どうだい……」

おかるの声に目を開くと、駒吉の前に下男の姿をした美しい少年が立っていた。

「お前……、その頭……」

おかるはついでに持ち出した小刀で、ばっさりと髪も落としていた。

「信じておくれよ。わたしは何も悪いことはしていない。ただお屋敷へ行きたいんだ」

「だから信じると言っているだろう」

駒吉は、おかるの目にうっすらと涙が浮かんでいるのを見てやるせなくなった。先を急ぐことに気を取られ、おかるの身の上はほとんど聞くことはできなかったが、この娘も自分と同じような境遇に違いない――。

天涯孤独で、いい人に巡り合いはするものの、なぜか結局その身は悪い方へと陥《おちい》ってしまう……。それを何とか振り払おうとして、まだ十六、七の娘は命をかけて一世一代の勝負に出たのだ。

「言っとくがな、おれの友達の又平はいい奴だが、おれがこんなに人にお節介をやくことは珍しいんだぜ」

駒吉は優しくおかるの髪を男風に結《ゆ》い、手拭いを抹頭《まっとう》に被せてやった。

「ひとつ言っておくけどさ……」

おかるは男に化けようとしつつ、娘の目で駒吉を見つめた。

「何だ、言ってみな……」

「わたしに惚《ほ》れるんじゃないよ」

「うるせえ！　大人をなぶるんじゃねえや！　早くその風呂敷包みを持ってご主人様についてきやがれ！」

駒吉は、だからガキは嫌なんだと、ぷんぷんと怒りながら道を急いだ。

「もし、旦那様、お待ち下さいませ……。これでいいだろう」

おかるは追いかけながら、下男の口調で言った。その顔はにんまりと笑っていた。

「おい……！」

「何だい、また小言かい」

「海が見えてきたぞ……」

木立を抜けると、峠《とうげ》の道の向こうに磯子《いそご》の景観が広がっていた。

四

神奈川の宿は東海道五十三次第三番目の宿場である。

ここを出ると、川崎《かわさき》宿、品川《しながわ》宿を出て、日本橋へ到達する。

傍に神奈川湊《みなと》を有するゆえに、交通の要衝《ようしよう》として賑《にぎ》わっていた。

この日もすっかり暮れたが、海辺の道に立ち並んだ旅籠《はたご》の掛行灯《かけあんどん》には次々と明かりが灯《とも》され、そこかしこで壁や障子戸《しようじど》に波模様がゆらゆらと映《うつ》し出されていた。

「駒吉の奴、うまく切り抜けてくれたようだな……」

一軒の旅籠の前で又平の足が止まった。

旅笠に赤い腰紐《こしひも》が結びつけられて、軒先に吊《つ》ってある。

軽業の一座にいた頃、旅の途中逸《はぐ》れることがあったらこれが目印《めじるし》だと、今は亡き仁兵衛親方に教えられた。

どこかで落ち合うとなったら口に出さずとも、こうするのが又平と駒吉の仲なのだ。


「おお、こいつは考えたな。似合ってるぜ」

果たして駒吉と旅籠の一間にいたおかるの男装を見て、又平は安堵《あんど》の笑みを浮かべた。


駒吉とおかるは海辺を歩き、時に漁師の船に乗せてもらったりして、思ったより早く宿に着いた。

おかるはここまで辿《たど》りついて、また恥ずかしさがもたげてきたのか、少し脹《ふく》れっ面《つら》で照れ隠しをしながら、それでも謝意を込めてペコリと又平に頭を下げた。


「連中はやはり代官所の……」

駒吉が小声で訊ねた。

「ああ、見送りに来た手代の顔もあったぜ」

「それで奴らは今……」

「どうせ行く先がどこかは知れている……、そう言って、奴らは三手に分かれてさっさと江戸へ向かった。品川辺りで待ち伏せるつもりじゃあねえかな」

「こっちは三人とも相手に顔が知れている……。考えねえとな」

この先三人一緒に行動するわけにはいくまいと、駒吉は腕組みをした。

「そんなことより駒吉、この小僧がどうして永井様のお屋敷へ行こうとしているのか、どうして代官所の者に追われているのか、教えてもらったのか」

「それが、肝心《かんじん》のそこんところを話してくれねえんだよ。だが、悪いことをして追われているわけではねえようだ」

あれから何度も訊ねたのであろう。駒吉は少しうんざりとした様子で言った。

「そうかい。喋《しゃべ》れば永井の御家に傷がつくようなことになりかねねえ……。お前はそれを案じているんだな」

おかるは、またもペコリと頭を下げた。

「だから永井様のお屋敷に着くまでは、何も言いたくねえんだな」

「兄さん方二人には何と礼を言っていいかわからないけど、これぱかりは聞かずにいておくれ……」

おかるはしょんぼりとして頭を下げた。

「よしわかった。おれも永井様には義理がある。何としてもお前を永井様のお屋敷に放り込んでやる」

「ありがとう……」

下男の姿をしていても、涙を堪えるその顔には少女のあどけなさが前に出る。

「駒吉、お前を巻きこんでしまったが、もう少しだけ付き合ってくれ」

「わかりきったことを言うんじゃねえや。お前の義理はおれの義理だ。だが、おかるがお屋敷へ行くことを連中はわかっているんだろ。たかが追手は五人だが、いざとなりゃあ、屋敷の前で待ち構えて捕まえりゃあいいことだ。お屋敷へ放り込むったって一筋縄《ひとすじなわ》じゃいかねえぜ」

「ああ、わかっている。連中の話ではお屋敷へ早飛脚を送ったようだ」

「おかしな娘が来ても追い返せってか」

「いや、お屋敷の中に、代官の夏木源之丞の息のかかった者がいるような……」

「そうか……。そいつは厄介だな」

駒吉は低く唸った。

「だが、向こうはおれ達二人が助っ人していることに気づいちゃあいねえ。江戸へ入りゃあこっちのもんだ。おれは頼りねえ男だが、頼りになる旦那がいる」

又平は得意げに言ったが、その刹那腹を鳴らした。

「いけねえ、腹が鳴いてやがる。お前ら何か食ったのかい。何か食うものを見《み》繕《つくろ》ってもらうとするか。今日は疲れた。ゆっくりと寝て、明日どうやって江戸へ入るか相談しよう……」

江戸へさえ入ればこっちのもんだと胸を張る又平に、駒吉の張り詰めていた気も緩《ゆる》んだ。

――又平の言う通りだ。栄三の旦那が何とかしてくれるぜ。

やがて、旅籠が用意してくれた膳が運ばれてきて、又平、駒吉、おかるは飢《う》えた狼《おおかみ》のごとく貪《むさぼ》るように飯をかきこみ、今日一日の肉体の消耗《しょうもう》を補った。

胃の腑《ふ》が落ち着くと、又平と駒吉はますます気が大きくなり、

「おかる、お前にお屋敷へ駆け込まれたら何が困るのかしらねえが、あの代官所の連中も、お前を襲ったところをおれ達に見られたのが運の尽きよ」

と、自分が英雄豪傑《ごうけつ》になったかのごとく駒吉が言えば、

「まったくだ。おれ達は町にはびこる大悪党を見事に退治してのけたこともあるんだ。おかる、お前はついているぜ」

と、又平の口からも調子のいい言葉が次々にとび出した。

おかるはそれをいちいち頷いて楽しそうに聞いていたが、口数も少なく、あの野生児の勢いのある物言いも影を潜めていた。

そこは小娘のことだ。ほっとした途端に疲れが出たのであろう。

又平と駒吉は、おかるに床を敷いてゆっくり休めと大人ぶったが、そのうちに強烈な睡魔に襲われて、ごろりと横になると不覚にも二人ともに寝込んでしまった。

「大変だ……」

やがて、小窓から差し込む陽光に顔を照らされ目覚めてみると、朝であった。おかるの姿は忽然《こつぜん》と消えていた。

「まったくおれは不心得者だ……」

秋月栄三郎だけではなく、剣豪・松田新兵衛からも剣術の手ほどきを受ける身でありながら、有事に際して寝ずの番も立てず、いぎたなく眠り込んでしまった己《おの》が不覚を又平は恥じた。

「いや、おれが大風呂敷を広げ過ぎたんだ。おかるにとっちゃあ、かえって頼りなく見えたんだろうな」

駒吉も肩を落とした。

「いや、そうではなくて、あの娘《こ》はおれ達に迷惑をかけたくなかったんだろうよ。おれはそう思うぜ」

「そうだろうか……」

「小娘ながらも、おれ達とは似た者同士だと思ったに違《ちげ》えねえ」

「すぐに後を追おうぜ」

「ああ……。だが駒吉、一年ぶりに江戸へ帰るってえのに、大変な道中になっちまったな」

「いや、最後の最後に、また罪滅ぼしができるってもんだ。お前と一緒ってのが何よりだ」

　やっぱりおれ達はくされ縁だと笑い合い、又平と駒吉は旅籠をとび出した。


「ごめんよ……。ごめんよ……。でも、兄さん達を巻き込むわけにはいかないんだよ……。わたしが一人とっ捕まって殺される分にはいいんだ。その時はこっちに運がなかったと諦《あきら》める。でも大ごとにはできないんだ。このことはご領主様の他には言えないんだ。言っちゃあいけないんだ……」

　神奈川の宿から川崎宿、さらに品川の宿を目指して、おかるは又平と駒吉への想いを独《ひと》り言《ご》ちながら、ひたすら歩みを進めていた。

　まだ夜が明けきらぬうちに、おかるは旅籠の部屋の小窓から外へととび出した。

又平と駒吉が自分達と同じ匂いがするとおかるを見たが、案に違《たが》わずおかるは捨て子であった。

中久保村の百姓夫婦に拾われ育ったおかるは、夫婦亡き後、兄と慕った孫七が出奔《しゅっぽん》してしまったことで、名主屋敷の下女として置いてもらったのであるが、兄の出奔に疑いを持つおかるを、村人達は慰《なぐさ》めるどころか白い目で見続けた。

「孫七兄さんは出奔なんてしてないんだ。わたしは知っているんだ……」

おかるは孫七の出奔の真偽を調べるうちにとんでもないことを知ってしまった。永井家の屋敷へ行って訴えたいのはこのことであった。

だが、それは絶対に外部に洩《も》れてはいけないことであった。小娘ながらもその分別はおかるにはあった。

そして、村のことに、又平と駒吉を巻き込んではいけないのだ。

又平が予想した通り、おかるもまた、又平、駒吉の二人に自分と同じ匂いを覚えていた。

孫七の他に、おかるにここまで親身になって構ってくれた者は、この世にはいなかった。

唯一、世話をしてくれた名主の益右衛門を裏切ることにはなるが、おかるは拾ってくれた孫七一家への恩返し――ただそれだけの願いをもって江戸へ向かっているのである。

旅籠を抜け出して二刻（四時間）ばかり――。

おかるの脚力は衰えを知らない。

駒吉によって男装させてもらったお蔭で、動きやすいことこの上もなかった。

髪を落とし笠を目深に被ったおかるを、怪しんだ目で見る者は道中誰もいなかった。

この広い東海道の道筋で、男に化けたおかるを、たった五人の追手が容易に見つけられるはずはない。

たとえ見つけられたとしても、猿と呼ばれる脚力と敏捷《びんしょう》なる身のこなしで、再び撒いてやる自信はある。

問題は、永井家の屋敷で待ち構えているであろう奴らをどうかわすかであったが、少々の塀なら跳び越えることはできる。

中に入ってさえしまえば、捕まえられても、永井家には深尾又五郎という情に厚い人がいると聞く。おかるの話を聞いてくれるやもしれぬ。

とにかくお屋敷に着いた時が勝負だ――。

おかるの足は疲れを知らぬ。時折休んで竹の水筒で渇《かわ》きを癒《いや》せば、どんどんと江戸に近づいて行く。

やがて品川宿に入った。

さすがは五十三次第一の宿である。人馬の通行の多さは他の宿場とは比べものにならなかった。

この辺りでの待ち伏せを恐れ、おかるはほとんど小走りで宿場を抜けた。

しかし追手は現われない。

互いに人ごみに紛れて見失っていたのではないかと、おかるは高を括《くく》り始めていた。

しかし、おかるにとって江戸への旅は初めてのことである。江戸府内への玄関口である高輪《たかなわ》大木戸の混雑ぶりなどは知るよしもなかった。

「道を知らぬおかるは、すんなりと通行ができた勢いで必ず大木戸を通る……」

代官・夏木源之丞の手代で、追手の首領格・今村弥一《いまむらやいち》はそう見ていた。

高輪大木戸には道の両端に石垣が設けられていて、ただでさえ人馬、荷車の通行が多いのに、旅人を送迎する人々を目当てに茶屋が立ち並び、客待ちの駕籠《かご》が並んでいたりで、必ず通行は渋滞する。

身動きが取れぬなら、それだけあの〝山猿〟を捕まえやすい――。

夏木が永井家に請願して代官所手代とした男だけのことはある。

この今村という男、なかなかの切れ者である。戸塚の宿の手前でおかるを取り逃がすや、あっさりと途中の探索を諦めて、この大木戸で網を張ったのだ。

今村の狙いは図に当たった。

昼下がりのごった返す人波の中に呑みこまれ、おかるは身動きがままならなくなった。

「おかるは変装しているやもしれぬ。同じ背恰好の者を見かけたらまず声をかけてみろ」

今村の指令はなかなかに的確であった。

さっさと通り過ぎてしまいたいおかるは焦り始めていた。

「もし、ごめん下され……」

人の隙間を通り過ぎる時、つい女の声を発してしまった自分に気づかずにいた。その時――、

「おう、おかるではないか……」

あまりにもあっけらかんとした声で呼ばれ、思わず体が反応して声の方へ顔が

動いた。

――いけない。

自戒した時――脇腹にひやりとした感触が奔《はし》った。ゆっくりとそこに目をやれば、短刀が突きつけられていた。

「黙ってついて来い。命ばかりは助けてやる」

短刀の主は今村であった。おかるは、時折代官の夏木について名主屋敷に来ていたこの男の顔を知っている。

「おかしな真似をすれば刺す……」

今村の冷徹な声がおかるの耳許《みみもと》で響いた。

いつの間にかおかるは五人に取り巻かれていた。

今は言う通りにして、隙あらば逃げてやると、心の内で誓いつつ、おかるは歯《は》嚙《が》みした。

ところがそこへ、旅姿の男が能天気な声を発しながらやって来た。

「おお、いやいや奇遇でござりまするな。これは、永井様御家中の皆様ではござりませぬか。私でございます。御用人の深尾様にご愛顧《あいこ》を賜《たまわ》っております又平にござりまする」

「ああ……、又平殿か……」

主家の名、用人の名まで出されては滅多なことはできぬ。五人のうち二人は村の百姓で、今村を含めて三人は代官所の役人であるのだ。

「すまぬがちと急ぎの用がござってな……」

今村は又平をやり過ごそうとしたが、

「申し訳ございませぬ、いや、駒吉と逸《はぐ》れてしまいまして。一緒に益右衛門様のお屋敷に泊めて頂いたあの男でございます。お心当たりはございませぬか……」

又平はなおも今村に近寄るので、今村はやむなく短刀を引っ込めた。

その瞬間をおかるは逃さなかった。

脱兎《だっと》のごとく人混みの中をかきわけ走り出した。最早《もはや》今村は舌打ちをして、又平を黙殺しておかるの後を追った。

「あ、もし……、駒吉は……」

又平は空惚《そらとぼ》けてみせてほくそ笑んだ。

人混みをおかるは何とか抜け出した。そこでその手をぐっと握って引き寄せたのは駒吉であった。今は手拭いで頰被りをして、おかると同じ下男風――あっと驚くおかるを目で叱りつけ、

「そこからとび降りて、〝いりふね〟という船宿で待て。駒吉の連れと言えばいい。さあ、早く！」

と、駒吉は傍の土手の道を顎でしゃくると、おかるから離れて駆け出した。

おかるは言われた通りに土手の道から岸辺を見下ろした。そこには料理茶屋、水茶屋、船宿が立ち並んでいる。しかし、土手から下へは五間《けん》（約九メートル）ばかりの高さで断崖《だんがい》のごとく切り立っていて、常人では降りられまい。

「えいッ！」

それでもおかるに是非はない。ためらうことなくほぼ垂直の斜面を滑《すべ》るように転《ころ》げるように落ちていった。

今村達追手の五人は、土手に佇《たたず》むおかるの姿を見つけて駆けつけたが、眼下の険しさに地団太《じだんだ》を踏んだ。

おかるの姿はたちまち岸辺の路地へと消えていった。

五

かくして波乱万丈の一日は夜を迎えた。

おかるは今、江戸は京橋水谷町にある秋月栄三郎の住まい〝手習い道場〟にいる。

未明から走り回ったおかるであったが、高輪からここへ来るまでの間、船上で眠ったことで、すっかり元気を取り戻していた。

船宿〝いりふね〟は、駒吉がかつて深川の香具師の一家に身を寄せていた頃に馴染んだ釣船屋であった。

主は世の中の裏事情に通じた男で、懇意にしていた駒吉とおかるが落ち合うや、腕扱《うでこ》きの船頭をつけて白魚橋《しらうお》の竹河岸《たけがし》まで二人を運んでくれた。

駒吉がおかるとともに船を降り、そこからは目と鼻の先の手習い道場に駆け込んだ時、栄三郎はちょうど剣術指南を終え、型の稽古をしていたところであった。

一年ぶりの再会となった駒吉の意外な帰還に、栄三郎は随分と面喰らったが、二人を自室に請《しょう》じ入れ、

「まあ、一息入れろ」

と、にこやかな表情を崩さず、駒吉には酒を、おかるには熱い茶と甘い菓子を出してやった。

——このお人が、噂の旦那か。

おかるはにこっと頬笑まれるたびに、胸のつかえや緊張が解きほぐされる気がした。

やがて又平が、仁王《におう》のごとき屈強の武士・松田新兵衛を伴《ともな》い現われた。手にした鮨《すし》が、いかにも又平らしく気が利いている。

「さあ、まずは何があったか話しておくれ」

四人の男が座につくと、頃合を見て栄三郎が穏やかな声でおかるに問いかけた。

甘い菓子が疲れをとり、鮨が飢えを癒し、熱い茶が体を温めてくれた。しかし、おかるにとって自分に注がれる男四人の情に溢《あふ》れた優しい眼差《まなざ》しが、何よりも嬉《うれ》しくありがたかった。

「何もかも、お話し致します……」

ここに至ってはこの四人に打ち明けるしかない。そう決心した時、おかるの目からどっと涙がこぼれ落ちた。

「何でえ、お前らしくもねえぜ」

「泣く奴があるもんかい」

又平と駒吉が横から励ました。

「だってさ……。わたしはこんなに人から親切にされたことはなかったから……」

おかるが泣き止《や》むまでの間、栄三郎は又平と駒吉が得意げに語る、今日一日の武勇伝をうんうんと頷きながら、いちいち誉めそやした。新兵衛は二度三度、大きく頷いた。

そうして弾《はず》みがついておかるが語り出した中久保村の秘密とは――。


すべては米造《よねぞう》という村の極道者がいけなかったのだ。

米造は中久保村から周辺の村にまで名の通った暴れ者で、本百姓ではあるが田畑は小作に預け、村で博奕ばかりをしていた。

そのうちに博奕場の開帳が甚《はなは》だしくなり、これに溺《おぼ》れる百姓が出るに及んで、この辺りの総代名主である益右衛門はこれを捨ておけず、五人組と諮《はか》り米造を諫《いさ》めた。

しかし米造はこれを聞くどころか、五人組の一人に大怪我《おおけが》を負わせた。このことで村人達が激昂《げっこう》し、ある夜、米造とその仲間二人が酒盛りをする場を襲い、三人をことごとく殺してしまった。

益右衛門は誰一人咎人《とがにん》を出すまいと、この三人は毒茸《どくたけ》にあたって死亡したものとした。

しかし、密《ひそ》かに米造から博奕場の掠《かす》りをせしめていた代官の夏木源之丞が、たちまちこれを見破り、今度は村人全員を強請《ゆす》り始めたのだ。米造殺害に関わった者、その罪を庇《かば》った者、皆同罪だと益右衛門を脅したのである。

三代に亘って中久保村の治政に携《たずさ》わってきた夏木は切れ者の浪人・今村弥一を手代に迎え、大いなる成果を収めたのであるが、永井勘解由の信頼をよいことに、知行所を私物化し始めていたのである。

年貢さえしっかりと納めていれば何をやってもよい――。

そういう慢心が生まれていたのだ。

夏木は益右衛門に、領主に納める年貢の他に、自分に〝裏年貢〟を納めるよう持ちかけた。村全体に及ぶことゆえ、一人頭の割り前は知れている。それを出したところでさして暮らしに困るまい。

夏木の恐喝は、事なかれを一義とする村の大人達には受け入れられやすかった。

そしてこの二年の間、益右衛門が束《たば》ねる村の本百姓達と夏木とは、秘事を共有する切っても切れない悪縁で結ばれていたのである。

だが、こんなことを続けていていいのだろうか——そう心では思っている若い百姓もいた。おかるが実の兄以上に慕っていた孫七であった。

おかるを拾って育てた孫七の両親は早くに病死し、孫七は二十五になるまで嫁もとらずに田畑を守ってきた。

「お前をそのうちに嫁にしようと思っていたんだろうな」

話を聞いて栄三郎は、少し冷やかすようにおかるに言った。

「はい……。そのつもりでいてくれたようで……」

しかし、まだ年若の孫七に一族の連中はあれこれと干渉し、捨て子を嫁にするなどとんでもないと口うるさく言いたて、おかるには殊更《ことさら》に辛《つら》くあたった。

それでもおかるへの想いは変わらなかった孫七が、ある日突然藤沢宿の遊女と出奔した。

それにより、名主・益右衛門は孫七の田畑地所をその伯父《おじ》の家に預け、このままでは苛《いじ》め抜かれるであろうおかるを哀れみ、名主屋敷に女中として引き取ったのである。

「孫七の兄《あに》さんはそんな人じゃない……」

「おれもそう思うな。きっと孫七殿は、代官の悪事をご領主様に打ち明けようと名主に談判して、代官に睨《にら》まれたんだ……」

栄三郎はおかるに同意した。

「お前は真実を知ろうとして、名主屋敷に代官が訪ねてきた折に、奥座敷の様子を屋根の上から窺った……。そんなところじゃねえのか」

おかるは無念の表情で頷いた。まったく栄三郎の推察通りであった。その時、孫七が夏木、今村の手にかかって殺されていたことをおかるは知ったのである。

おかるは孫七の無念を晴らそうと、江戸の永井家屋敷に行って、あらいざらいぶちまけてやろうと機を窺った。

しかし、夏木は用心深い男で、告発者が出れば村全体が罪に問われると村人達をことあるごとに脅し、少しでも疑いのある者については村の連帯責任で村の外に出ることのないように見張らせた上に、密告者には褒美《ほうび》を与えた。

名主屋敷の外に出る時、おかるは絶えず見張られていた。

それが、又平、駒吉が村を発った昨日。

代官所の連中がこれを見送りに行き、村人達の関心がそこへ向いた隙に、山側から村を出て、戸塚の宿を目指して駆けたのだ。

夜は屋敷から出してもらえないし、塀をとび越えたところで、かえって怪しまれる――。

その前夜に、又平、駒吉から永井家のお屋敷がどこにあるかも聞いた。おかるは勝負に出たのだ。捨て子、捨て子と苛められたおかるを唯一愛してくれた孫七は、おかるが身軽に木に登って栗や柿などを採《と》る様子を見ては感心してくれた。

孫七の驚く顔見たさに、おかるは猿になってやろうとその身を鍛《きた》えた。そして今は見せる甲斐《かい》もなくなったその特技をもって孫七の無念を晴らそうと、村人すべてを敵に回したのである。

「孫七兄さんは何ひとつ悪いことはしてないんだ。それなのに、どうしてあんな目に遭《あ》わされなきゃいけないんだ……。村の皆は弱虫だ。あんな代官の言うがままになって……。江戸のお殿様を欺《あざむ》くなんて、皆、おかしいよ……」

おかるが流す悔し涙に、又平、駒吉は目頭《めがしら》を熱くした。

「ああ、おかしい。おかる、おぬしの申すことこそが正しい。よくぞ打ち明けてくれたな。お前のその真《ま》っ直《す》ぐな想い、決して無駄にはいたさぬぞ」

黙って話を聞いていた松田新兵衛が、おかるに力強く言い放った。

いかにもたくましく頼り甲斐がありそうな新兵衛の言葉に、おかるの表情には、千軍万馬《せんぐんばんば》の味方を得たような輝きが浮かんだ。

——ああだこうだと話しても、とどのつまりは新兵衛の言葉に尽きる。

どうも気に入らないと思いながらも栄三郎は、この健気《けなげ》なおかるを苦しめ、あの人の好《よ》い深尾又五郎を欺かんとした連中を何としてくれようかと、腹の底から唸り声をあげた。

六

「益右衛門……。早飛脚が来ぬところを見ると、おかるめ、まだ捕らえられてはおらぬようじゃ」

「真に申し訳ござりませぬ……」

「おかるには言ってやらなんだのか。永井家の門番を束ねている富岡欣六《とみおかきんろく》なる者は、この夏木源之丞の実の弟であると」

「いえ……」

「なぜ言ってやらなんだ。たとえお屋敷に辿りついたとて、中に入ることはできぬと知れば、おかるとて死にに行かずともすんだものを」

「おかるは死なねばなりませぬか……」

「名主殿、おぬしの優しい心根は立派だが、おれ達は一蓮托生《いちれんたくしょう》……。大勢を生かすためにはやむをえぬ」

「とは申せ、孫七を殺すことはなかったかと。その上におかるまで……。酷《むご》すぎまする」

「そのように思うなら、二度とこのようなことが起こらぬように、百姓どもをしっかりと見張ることだ。御用人の機嫌を伺《うかが》いながらのう。おかるのことは諦めよ……」


永井家屋敷には表門と勝手門がある。

三千石の旗本となれば千五百坪の敷地に、五十人を超える家来が暮らしていて、足軽身分の武家奉公人が物々しく両門の警備にあたっている。

足軽の頭《かしら》である富岡欣六の許に、早飛脚が届いたのが一昨日——知行所で代官を務めている兄からのものであった。

「はッ、はッ、知行所の周りで賊《ぞく》が出たそうな。そっちも気をつけろとはまったく兄上らしい……」

一読するや富岡欣六は、周囲の者にそう言って笑いとばしたが、すぐにその文を火鉢《ひばち》で人知れず燃やしてしまった。

欣六は夏木の実弟で、兄の尽力で永井家物頭を務める富岡家の婿《むこ》養子として江戸屋敷に奉公することを得た。それゆえに兄には逆らえない。

「近頃、知行所から来たと偽《いつわ》り、屋敷内で盗みを働く十六、七の娘がいるそうな。それらしき者が訪ねてくれば、おれに報せろ……」

小娘のことであるから、町の御用聞きに引き渡すと、配下の門番達に告げておいた。

屋敷に仕える中間、小者達は、知行所出身の者も多く、富岡欣六は下層の奉公人の中ではなかなかに幅を利かせていたのである。

——兄上も面倒を持ち込んでくれたものだ。

早飛脚が来てから、欣六は落ち着かなかった。道中娘が捕まえられていれば何の手間もかからないのだが、このままではいつ娘が来るか知れないし、気が抜けない。

夏木源之丞の文には、不心得者がきっと屋敷に来るであろうから、捕まえてこちらが差し向けた者に引き渡してもらいたいとあった。

兄が差し向ける者は、町の御用聞きの姿をしているという。

これから察するに兄・夏木源之丞は、どうやら知行所でよからぬことをしているに違いない。だが、それならばなおのこと、兄の悪事が露見すれば、実弟である自分の肩身が狭くなる。

富岡欣六はこの二日の間、知行所から屋敷へやって来るというおかるに、ずっと目を光らせていた。

そして、そのおかるはこの日遂《つい》に現われた——。

落とした髪を手拭いで包み、この日のおかるは旅の娘の姿に戻っていた。

辺りの様子を気遣いながら勝手門に駆け込んで、

「お願い申します。わたしはご当家の知行所・中久保村から参ったかるという者でございます。お殿様に申し上げたいことがございます。どうか、お取り次ぎのほどを……」

とまくしたてたのだ。

「黙れ、黙れ！　いきなり当家の門に駆け込んで、お殿様に申し上げたいとは無礼な奴め。まず門の外へ出よ！」

かねての段取りの通り、それ以上、喋る暇《いとま》を与えまいと欣六は有無を言わさずおかるを門の外へと引きずり出した。

折よくそこに、御用聞きが子分を一人連れて通りかかり、

「お前は騙《かた》り者のおかるじゃねえか……」

「旦那、ちょいと引き渡して頂いてようござんすか……」

と、たちまち引っ立てて行った。

おかるという娘は、とりつく島のない門番の様子と、思わぬ御用聞きの登場に絶望したか、呆然として叫び声もあげず欣六の視界から消えていった。この御用聞き二人が、実は代官所配下の追手の内の二人であることは言うまでもない。

ただひたすら、おかるが来るのを待ち受けていたのだ。

「やれやれ……。詳しいことはわからぬが、兄上への義理は果たした……」

欣六は門の内へと戻った。

「富岡欣六……。ちと聞きたいことがあるゆえ、同道願おうか」

そこには、永井家用人・深尾又五郎が屈強の武士二人を従えて待っていた
——。

一方、おかるはというと、御用聞きに化けた追手の二人に言われるがまま大川

橋を過ぎ、源森川《げんもりがわ》の岸辺に連れて行かれた。

道中、今村弥一が残りの追手二人を従えこれに合流し、おかるを囲むようにしていた。

この間にも、御用聞きに化けた一人がおかるの横腹に匕首《あいくち》を突きつけている。

岸辺には瓦の焼き場が広がっていて、その一隅に荷船が着けられてあった。

この船におかるを乗せ、人気《ひとけ》のない所で殺害してしまおうという魂胆か――。

「雉《きじ》も鳴かずば打たれまいものを……。孫七といいお前といい、馬鹿がいるゆえ、こっちの手間が増えるというものだ」

今村は吐き捨てるように言うと、おかるに船へ乗るよう促《うなが》した。

「こんなふうにして孫七兄さんを殺したのかい」

おかるは叫ばず、声を押し殺して恨みの目を向けた。その目の光には嘲笑《ちょうしょう》さえも浮かんでいて、冷徹な今村を動揺させた。

――小娘がいかなる落ち着きか。

何か企んでいるのかと思った時であった。

道の向こうから猛烈な勢いで走り来る大八車が、今村達に向かって殺到した。

「どこを見て走っているのだ。このたわけ者が！」

口々に叫び車をかわす今村達の隊形が乱れた。

隙を逃さずおかるは大八車が通り過ぎた方へと駆けた。

「逃がすな！」

追手の五人はこれを追うが、大八車が反転して再び正面から殺到してきた。

おかるは跳躍一番、大八車の荷台に飛び乗ったかと思うと、荷車を押す二人の男の頭上を越え、荷車は追手の先頭二人をはねとばした。

「おのれ！」

今村と配下の二名は抜刀した。

荷車の二人は又平と駒吉――それを見るや、傍の大樹を猿のようによじ登った。

おかるはというと、いつの間にやら現われた剣客ふうの武士の背後にいて、しっかりと守られている。

剣客ふうの武士は秋月栄三郎――さらに、松田新兵衛が姿を現わし、今村達三人を見据えた。

大八車に轢《ひ》かれた二人は、したたかに足を打ち、最早《もはや》動きもままならぬ。

「そうか、おのれらは御用人の廻し者か……」

今村は腕に覚えがある。この二人を斬って捨てると覚悟を決めた。

「廻し者とは無礼な。某は深尾殿の知己《ちき》。それなる者は、永井家の剣術指南」

「何と……」

「知行所にいるお前達には馴染みはなかろうがな」

栄三郎の紹介を受け、新兵衛はゆっくりと刀を抜きながら言った。

「どのような隠し事もあの世へ行けば浄玻璃《じようはり》の鏡に映《うつ》し出されるという。この期《ご》に及んでは潔《いさぎよ》く、観念致すがよい」

今村は最後のあがき――。

「死ね！」

と、配下二人を新兵衛に当たらせ、自らはおかるを守る栄三郎に捨て身の突きをくれたが、大樹の上から又平と駒吉が投げつけた石礫《いしつぶて》に体勢を崩され、難なくこれを刀で右へ受け流した栄三郎が、峰に返して今村の首筋を打ちすえた。

その時すでに、後の二人は一振りもできぬうちに、新兵衛の強烈な峰打ちを腹に喰らって地べたをのたうち回っていた。

おかるの顔に、その魅力的な明るい笑みが戻った。

栄三郎と新兵衛はそれを見て、何よりのことだと、安堵を浮かべて納刀した。

又平と駒吉が得意満面に大樹から下りてきた。

「いいか。このことはおれ達五人の内緒事だ」

栄三郎は一同を見廻してしっかりと頷いて見せた。

「それでもって、こいつらのことを片付けたら、駒吉、お前の放免祝いだ。随分とご苦労だったな……」

そして、駒吉の肩をポンと叩き、歓迎の意を示した。

「へ、へい、ありがとうごぜえやす……」

これでおれも栄三の旦那の仲間内だ。お前も認めてくれるだろう……。駒吉は胸の内でそう叫びながら、照れくさそうに又平を見た。


それから——。

駒吉歓迎の宴《うたげ》は方々で催《もよお》された。そもそも呉服商の田辺屋といい、手習い道場裏手の善兵衛長屋の連中といい、栄三郎と一杯やりたい者は多いのだ。何かというと寄り集まって駒吉を喜ばせたが、その極め付けは永井家に招かれてのものであった。

永井家の当主である勘解由は、又平、駒吉によって無事に江戸まで辿りついたおかるを保護したばかりか、剣術指南の松田新兵衛と語らい、用人・深尾又五郎との連携よろしく、代官・夏木源之丞の企みを密かに打ち砕いてくれた秋月栄三郎の活躍を知り狂喜した。

そして、心尽くしの宴を開き、四人を慰労したものである。

屋敷内の中奥にある勘解由の自室に四人は案内され、勘解由自らが、養嗣子《しし》・房之助《ふさのすけ》、用人・深尾又五郎を従え、これを迎えた。

侍女達が運んで来る膳は山海の珍味に溢れ、調度のひとつひとつが華美であった。

引出物には反物《たんもの》、末広に、十両の金子が添えられた。

いかなる時も礼金を拒《こば》んだ松田新兵衛も、このたびばかりは断れなかった。

侍女の中には慣れぬ立居振舞いに苦闘するおかるの姿があり、何よりも一座の緊張を和《なご》ませてくれた。

おかるの告発は、深尾の計らいで勘解由の前でなされ、捕らえられた今村弥一をはじめとする五人の追手、物頭・富岡欣六への取り調べで、すべてのことは明々白々となった。

すでに中久保村へは、永井家から詰問使《きつもんし》が送られ、代官・夏木源之丞、名主・

益右衛門は、近々出府し、永井家によって裁かれることになるそうな。

しかし深尾の話によると、勘解由は益右衛門以下、村の者達のこのたびの罪科は一切《いっさい》不問に付すつもりであるらしい。

「何よりも悪いのは、米造なる極道者をのさばらせた夏木源之丞である。その夏木の手腕に惹かれてあ奴を代官としたのは余の失政である。き奴らめを重罪に処した上で、その誤りを顧《かえり》みるつもりじゃ。ただ、初めから余に訴え出ればよいものを、夏木に籠絡《ろうらく》されよって……。気に入らぬゆえ、益右衛門め、叱りつけてやるのじゃ」

宴に臨《のぞ》んで、勘解由は一同の労に謝し、おかるをこの後奥向きの侍女と成し、幸せに暮らせるようにしてやるつもりだと宣した上、最後にこう言い添えて、栄三郎達を安心させた。

家政のことは老練の士・深尾又五郎に任せてはいるが、かつては勘定奉行などの要職を務めた永井勘解由のこと。その仕置きに抜かりはなかった。

「どうじゃな駒吉とやら。江戸へ戻ったばかりとのことじゃが、よければ当家にて働かぬか」

偉いお方からのお声掛かりに、駒吉は自分が何やら御伽噺《おとぎばなし》に出てくる好運な

男のごとき心地がして、

「ははァ――ッ……」

と大袈裟《おおげさ》に平伏してしまい、おかるの失笑を誘った。

「ありがたいお言葉ではございますが、もう一度瓦職に戻り、町で暮らしとうございます」

独り住んでいた安五郎が越していったことで、善兵衛長屋はちょうど一棟空《あ》いていた。

大工の留吉、左官の長次があれこれ口を利いてくれて、駒吉はかつて修業をした瓦職に戻ることにしたのである。

「左様《さよう》か、すでに身の置き所が決まったのであればめでたい。また、我が屋敷の屋根をあたりに来てくれ」

「へい……。おありがとうございます……」

近頃、剣術指南に来ている新兵衛はともかく、〝取次〟の用で屋敷に訪れたことが何度かあるだけの栄三郎は、勘解由が大人物であるとは聞いていたが、随分前に師・岸裏伝兵衛の供として、その姿を一瞬見たことがあっただけで、これほどまでに、おおらかで稚気《ちき》に溢れた人とは知らず、たちまち人となりに感じ入った。

そういう心の動きを読み取ったか、勘解由もまた栄三郎に親しみの目を向けて、

「栄三先生の噂は又五郎から何度も耳にしていて、一度盃《さかずき》を交わしてみたかったのじゃが、それが叶《かの》うて何よりじゃ」

と、手放しに喜んだ。

「ありがたき幸せに存じまする……」

「栄三先生にひとつ頼みがあるのじゃが……」

「何なりとお申し付け下さりませ」

「それはありがたい。ならば、萩江《はぎえ》をこれへ……」

勘解由は思いもかけぬ名を呼び、一人の貴婦人を座に召した。

萩江とは、ここに同席する房之助の実姉である。

自分を世に出すために苦界《くがい》に身を沈め、行方《ゆくえ》をくらました薄幸の姉の存在を、房之助は永井家の婿養子になる折に勘解由に打ち明け、心打たれた勘解由は用人の深尾に久栄というその姉の探索を命じた。

深尾からその〝取次〟を請け負《お》った栄三郎は、〝おはつ〟という名で遊女とな

り不幸な暮らしを強《し》いられていた久栄を見事に助け出した。

久栄は萩江と名を改め、以来、永井家の奥向きで平穏な暮らしを送っていた。

そして、萩江探索のことは名門・永井家の秘事に触れることゆえ、栄三郎はこれをすべて忘れてしまうと深尾に誓った。

だが、直接に栄三郎に助け出された萩江の栄三郎に対する感謝の念は、忘れられるものではない。

おまけに、栄三郎と萩江は偶然にも、一人の遊女と客として激しく惹かれ合い、一夜を馴染んだ二人だけの思い出を共有していた。

自分には世に出る房之助という弟がいる――。

剣に生きるか、町場の者達と触れ合って、そこに自分の人生を見出《みいだ》すか――。

当時は訳有りの女郎と悩める剣客であった萩江と栄三郎――そんな二人が恋に落ちたとて実りはない。

互いに想いを胸に秘めたまま別れたが、奇《く》しくも〝取次〟の依頼によって再会したのである。

二人ともに新たな出会いはないものかと心の底で思いつつ、すれ違いを続けて一年と半――。

二人だけの秘め事を知ってか知らずか、永井勘解由は頼みたいことがあると言うや、萩江を召したのである。

栄三郎の胸の内は、緊張に締めつけられた。

やがて萩江が現われて、一同に座礼をした。

「萩江にございまする……」

萩江はにこやかに、上目遣《うわめづか》いに栄三郎を見た。

栄三郎はただ畏《かしこ》まったが、一別以来さらに美しくなった萩江の顔は、間近で見るにはあまりにもまぶしかった。

「して、その頼みとは……」

栄三郎は堪え切れず、勘解由に視線を移した。

「他でもない。これは房之助の姉で、今は当屋敷の奥向きに暮らしているのじゃが……」

勘解由の話によると、今度のように御家の内部で不心得者が出た時——奥向きの女達もまた危険にさらされるかもしれない。それゆえに、女もまた日頃武芸を修練致さねばなるまいと萩江は思い立ち、

「時に稽古を致したいと余に願い出たのじゃ」

「その指南役に秋月殿はどうかと、某がお勧め申したのでござる」

深尾又五郎が勘解由の言葉を受けて、してやったりと言った。

「某に指南を……」

萩江は目を丸くする栄三郎を、少し恥ずかしそうに見て、

「松田先生もまた、秋月先生が適任だと仰せられましたとか」

と遠慮がちに言った。

「新兵衛……。お前は……」

余計なことを言うと、栄三郎は新兵衛を睨《にら》むように見たが、

「我が気楽流は、小太刀《こだち》、長刀《なぎなた》、棒、柔《やわら》をも使う。真にお女中が身につけるに相応しい。だが、お女中への指南となれば、この新兵衛より栄三郎の方が適任。そう申し上げただけのことじゃ。又平、そうは思わぬか」

新兵衛は又平を見た。その目には、親友に少しでも剣の道で活躍してもらいたいという願いが込められていた。

「真にもって……」

又平がいかにもと頷けば、

「わたしも、教えて頂きとうござりまする」

おかるが慣れない武家言葉で口を挟んだ。

事情《わけ》がわからぬ駒吉も、新兵衛がそう言うのならその通りなのだろうと目を細めた。

「秋月殿、姉を何卒《なにとぞ》よしなに……」

房之助が頭を下げた。

勘解由は横で大きく頷き、萩江は縋《すが》るような目を栄三郎に向けた。

女郎の身を助けられ、奥向きで穏やかな暮らしを送る萩江であった。

勘解由と深尾の考慮で、萩江の昔を知る者は限られていたし、永井家の女達は実に気持ちよく遇してくれる。

それだけに、一朝《いっちょう》ことある時は弟・房之助のためにも永井の御家に命を投げ出すつもりでいる。

「それならば武芸を修められてはいかがでしょう」

穏やかであっても、ともすれば退屈がちになる日常に、よい気晴らしにもなるだろうと、房之助がこれを提言したのである。

秋月栄三郎こそがその指南役に相応しいと、松田新兵衛が言っていると聞いた時、萩江の心は揺れた。

それが生涯最後の女のときめきと萩江は知っていた。あのお方のお姿を時折でいいから見ていたい。言葉を交わしたい。その想いが叶うのだ。

恥じらいや遠慮は後悔の種になるだけだ――。

「秋月先生……」

萩江は力強く栄三郎を見つめた。

――出稽古を受ければ、時折は萩江に会える。言葉を交わせる。

そう喜びつつも、その後に来るであろう虚《むな》しさや絶望を思うと、胸がかきむしられる栄三郎は、しばし返答を言い淀《よど》んだ。

しかし、女には今この時こそが大切なのだ。

萩江はじっと見つめる。

栄三郎は耐え切れず、やがて大きく一礼をした。

物哀しい晩秋の訪れは、すぐそこまで来ていた。

本書は二〇一一年一二月、小社より文庫判で刊行されたものの新装版です。

茶漬け一膳

一〇〇字書評

切・り・取・り・線

購買動機（新聞、雑誌名を記入するか、あるいは○をつけてください）

□（　　　　　　　）の広告を見て	
□（　　　　　　　）の書評を見て	
□ 知人のすすめで	□ タイトルに惹かれて
□ カバーが良かったから	□ 内容が面白そうだから
□ 好きな作家だから	□ 好きな分野の本だから

・最近、最も感銘を受けた作品名をお書き下さい

・あなたのお好きな作家名をお書き下さい

・その他、ご要望がありましたらお書き下さい

住所	〒				
氏名		職業		年齢	
Eメール	※携帯には配信できません	新刊情報等のメール配信を 希望する・しない			

この本の感想を、編集部までお寄せいただけたらありがたく存じます。今後の企画の参考にさせていただきます。Eメールでも結構です。

いただいた「一〇〇字書評」は、新聞・雑誌等に紹介させていただくことがあります。その場合はお礼として特製図書カードを差し上げます。

前ページの原稿用紙に書評をお書きの上、切り取り、左記までお送り下さい。宛先の住所は不要です。

なお、ご記入いただいたお名前、ご住所等は、書評紹介の事前了解、謝礼のお届けのためだけに利用し、そのほかの目的のために利用することはありません。

〒一〇一‐八七〇一
祥伝社文庫編集長　清水寿明
電話　〇三（三二六五）二〇八〇

祥伝社ホームページの「ブックレビュー」からも、書き込めます。
www.shodensha.co.jp/bookreview

祥伝社文庫

茶漬《ちゃづ》け一膳《いちぜん》　取次屋栄三《とりつぎやえいざ》〈新装版《しんそうばん》〉

令和 6 年 5 月 20 日　初版第 1 刷発行

著　者　岡本《おかもと》さとる

発行者　辻　浩明

発行所　祥伝社《しょうでんしゃ》

東京都千代田区神田神保町 3-3
〒101-8701
電話　03（3265）2081（販売部）
電話　03（3265）2080（編集部）
電話　03（3265）3622（業務部）
www.shodensha.co.jp

印刷所　錦明印刷
製本所　ナショナル製本
カバーフォーマットデザイン　中原達治

Printed in Japan ©2024, Satoru Okamoto ISBN978-4-396-35051-2 C0193

祥伝社文庫の好評既刊

岡本さとる
取次屋栄三《えいざ》 新装版

武士と町人のいざこざを、知恵と腕力で丸く収める秋月栄三郎。痛快かつ滋味溢れる傑作時代小説シリーズ。

岡本さとる
がんこ煙管《ぎせる》 取次屋栄三《えいざ》② 新装版

廃業した頑固者の名煙管師に、もう一度煙管を作らせたい。廃業の理由は娘夫婦との確執だと知った栄三郎は……。

岡本さとる
若の恋 取次屋栄三《えいざ》③ 新装版

分家の若様が茶屋娘に惚れたという。心優しい町娘にすっかり魅了された栄三郎は、若様と娘の恋を取り次ぐ。

岡本さとる
千の倉より 取次屋栄三《えいざ》④ 新装版

手習い道場の外に講話を覗く少年の姿が。栄三郎が後を尾けると……。千に一つの縁を取り持つ、人情溢れる物語。

岡本さとる
妻恋日記 取次屋栄三⑥

亡き妻は幸せだったのか？　日記に遺《のこ》された若き日の妻の秘密。老侍が辿《たど》る追憶の道。想いを掬《すく》う取次の行方は。

岡本さとる
浮かぶ瀬 取次屋栄三⑦

神様も頬《ほお》ゆるめる人たらし。栄三の笑顔が縁をつなぐ！　取次屋の心にくい仕掛けに、不良少年が選んだ道とは？

祥伝社文庫の好評既刊

岡本さとる **海より深し** 取次屋栄三⑧

「キミなら三回は泣くよと薦められ、それ以上、うるうるしてしまいました」女子アナ中野佳也子《なかのかやこ》さん、栄三に惚れる！

岡本さとる **大山まいり** 取次屋栄三⑨

大山詣りに出た栄三。道中知り合ったおきんは五十両もの大金を持っていて……。栄三が魅せる〝取次〟の極意！

岡本さとる **一番手柄** 取次屋栄三⑩

どうせなら、楽しみ見つけて生きなはれ。じんと来て、泣ける！〈取次屋〉誕生秘話を描く、初の長編作品！

岡本さとる **情けの糸** 取次屋栄三⑪

自分を捨てた母親と再会した捨吉《すてきち》は……。断絶した母子の闇を、栄三の〝取次〟が明るく照らす！

岡本さとる **手習い師匠** 取次屋栄三⑫

栄三が教えりゃ子供が笑う、まっすぐ育つ！ 剣客にして取次屋、表の顔は手習い師匠の心温まる人生指南とは？

岡本さとる **深川慕情** 取次屋栄三⑬

破落戸《ならずもの》と行き違った栄三郎。その男、居酒屋〝そめじ〟の女将・お染《そめ》と話していた相手だったことから……。

祥伝社文庫の好評既刊

岡本さとる　合縁奇縁《あいえんきえん》　取次屋栄三⑭

凄腕《すごうで》女剣士の一途《いちず》な気持ちに、どう応える？　剣に生きるか、恋慕をとるか。ここは栄三、思案のしどころ！

岡本さとる　三十石船　取次屋栄三⑮

大坂の野鍛冶の家に生まれ武士に憧れた栄三郎少年。いかにして気楽流剣客となったか。笑いと涙の浪花人情旅。

岡本さとる　喧嘩屋　取次屋栄三⑯

大事に想う人だから、言っちゃあいけないこともある。かつての親友と再会。その変貌ぶりに驚いた栄三は……。

岡本さとる　夢の女　取次屋栄三⑰

旧知の女の忘れ形見、十《とお》になる娘おえいを預かり愛しむ栄三。しかしおえいの語った真実に栄三は動揺する……。

岡本さとる　二度の別れ　取次屋栄三⑱

栄三と久栄の祝言を機に、裏の長屋へ引っ越した又平。ある日、長屋に捨て子が出るや又平が赤子の世話を始め…。

岡本さとる　女敵討《めがたきう》ち　取次屋栄三⑲

誠実で評判の質屋の主から妻の不義調査を依頼された栄三郎は、意気揚々と引き受けるが背後の闇に気づき……。

祥伝社文庫の好評既刊

岡本さとる
忘れ形見《がたみ》　取次屋栄三⑳

名場面を彩った登場人物たちが勢揃い！　栄三郎と久栄の行く末を見守る、感動の最終話。

岡本さとる
それからの四十七士

〝火の子〟と恐れられた新井白石と、〝眠牛〟と謗られた大石内蔵助。命運を握るは死をも厭わぬ男の中の漢たち。

今井絵美子
岡本さとる
藤原緋沙子
哀歌《あいか》の雨

いつの時代も繰り返される出会いと別れ。すれ違う江戸の男女を丁寧に描く、切なくも希望に満ちた作品集。

宇江佐真理
十日えびす　新装版

夫が急逝し、家を追い出された後添えの八重。義娘と引っ越した先には猛女お熊がいて……母と義娘の人情時代小説。

宇江佐真理
ほら吹き茂平　新装版
なくて七癖あって四十八癖

うそも方便、厄介ごとはほらで笑ってやりすごす。懸命に真っ当に生きる家族を描く豊穣の時代小説。

宇江佐真理
高砂《たかさご》　なくて七癖あって四十八癖　新装版

倖せの感じ方は十人十色。夫婦の有り様も様々。懸命に生きる男と女の縁《えにし》を描く、心に沁《し》み入る珠玉の人情時代。